嘘と隣人

芦沢 央
You Ashizawa

文藝春秋

目次

装丁　大久保明子
装画　マテウシュ・ウルバノヴィチ「空に浮かぶ光」
『東京夜行　マテウシュ・ウルバノヴィチ作品集Ⅱ』
（エムディエヌコーポレーション）より

嘘と隣人

かくれんぼ

歯が痛いことには、五日前から気づいていた。

そのうち治まるだろうと市販の鎮痛剤でごまかしていたものの、これは無理だと認めざるをえなくなったのが、昨日の就寝前。氷枕で冷やしながら眠りにつき、今朝歯医者に電話をする頃には、元々どの歯が痛かったのかもわからなくなるほど右顎全体に波打つ痛みが広がっていた。

十一時からなら診察できると言われ、十時半に家を出た。十分ほどで歯医者が入っているたまプラーザ駅ビルの駐輪場に着いたが、空いているラックが見当たらない。二列ほど確認してようやく空きを見つけ、自転車を担ぐようにして押し込んだ。

ビルの入り口へと足早に向かいながら、二十七番、二十七番、と頭の中で唱える。

それは正太郎《しょうたろう》にとって、一種の確認のようなものだった。帰りまで番号を覚えていられるかどうか。

現役時代には意識せずともできていた。見聞きしたものをとりあえず覚えておくのは、刑事の習性だったからだ。現場検証や聴取で得た情報は、リアルタイムでは使えないことがほとんどで、街中を歩いているときに目に入った光景が後々意味を持ってくることもある。新たな情報が入ったときに結びつけられるよう、できるだけ取捨選択せずに映像のまま頭の引き出しに入れておかなければならない。

何十年も習慣づけているうちに、自分は元々記憶をするのが得意な人間なのだと思うようになっていた。だが定年退職して一年半が経ち、そうではなかったのだと思い知らされている。今や、意識を向けなければ認識すらできないし、覚えておこうとしなければ忘れてしまう。

歯医者に着いて受付を済ませると、十一時を五分過ぎたところで診察室に呼ばれた。

口の中を検《あらた》められ、レントゲンを撮られた結果下された診断は、やはり虫歯だった。

「かなり深くまでいってますし、痛みの出方からしても神経に達していると思います」

若い男性の歯科医師はレントゲン写真を指さしながら言う。

「加齢に応じて歯のエナメル質が減っていくので、どうしても虫歯になりやすくなるんですよ。あと多いのは歯周病ですね」

歯科医師はもう一度正太郎の口の中を確認して言い、カルテに何かを書き込んでいった。

「歯の状態からすると神経を抜いた方がよさそうではありますが、できるだけ神経を残したいというようなご希望はありますか」

「痛みが取れればなんでもいいです」

正太郎は、白い天井を見上げたまま答える。

「それでは麻酔して根の治療をしていきますね」

歯科医師はさらりと言うと、背後にいたスタッフに専門用語らしき言葉で指示を出し始めた。椅子がゆっくりと倒れていき、正太郎は遅れてヘッドレストに頭を委ねる。

――おまえ、虫歯一本もないんだろ。

ふいに、柴崎《しばざき》の言葉が蘇《よみがえ》った。

若い頃からずっと目標にしてきた先輩でもあった柴崎が顎をさすりながら言ったのは、もう何十年も前、正太郎が被疑者の聞き込みを担当しながら重要な手がかりを見過ごしていたことが判明して課長から大目玉を食らった後だった。

柴崎は正太郎を昼食に誘い、ラーメンを口の左側だけで咀嚼《そしやく》しながら「この仕事は食うのも寝るのも不規則だろ」と言った。風邪くらいなら気合いで何とかなるけど歯が痛いのはどうにもなんねえんだよなあ、と。

柴崎は銀歯だらけの歯を見せて笑い、正太郎の背中を叩いた。

――おまえは刑事に向いてるよ。

治療が終わり、会計を済ませて歯医者を後にしたときには、十一時半を回っていた。

正太郎はゴムのような感触になった顎を指でつつきながら、駐輪場へ向かう。精算機の前まで来たところで動きを止めた。

一拍置いて、二十七番という響きが浮かび、詰めていた息を吐く。操作を終えてラックから自転車を引き出した瞬間。

「あ」

背後から高い声がした。

首だけで振り向くと、大きな紙袋を抱えた若い女性がこちらを見て立っている。

正太郎は自転車の向きを変え、改めて女性を見た。年頃は二十代半ば、身長は百六十センチくらいで緩《ゆる》いパーマのかかった茶色い髪を左耳の下でまとめている。グレーのオーバーサイズのパーカーに細身のブラックジーンズというラフな服装だが、化粧が華やかで爪に鮮やかな黄色いネイルが施されているためか、あえてカジュアルな印象に寄せているような美意識の高さがうかがえる。

「司《つかさ》くんのおじいちゃんですよね？」

見覚えのない顔だった。だが「きりん組のリョウマの母です」と続けられて、「ああ」という声が漏れる。

隣の鷺沼《さぎぬま》駅に住む娘の歩美《あゆみ》から、孫の保育園の迎えを頼まれたことが何度かあった。祖父母が行く家庭は少ないから、目立って覚えられていたとしても不思議はない。

「リョウマ、家でもよく司くんの話をするんです」

女性は柔らかく微笑んで言った。

「困ってることがあると、いつもすぐ気づいて声をかけてくれるって」

「そうですか」

正太郎も顔をほころばせる。

孫の話を聞けるのは嬉しいものだ。だが、こちらはリョウマという名前を聞いたことがなく、返せるエピソードのないことが少し申し訳なくもなる。

「うちの孫こそ、仲良くしてもらっているみたいで」

ひとまず曖昧《あいまい》に会釈を返した。考えてみれば、お迎え時にも他の保護者とはすれ違いざまに軽い挨拶を交わすだけの距離感で、こんなふうに話しかけられたのは初めてだった。自分の子どものときにも保護者同士の付き合いはしたことがなく、どうも勝手がわからない。

正太郎が自転車のグリップを握り直し、では、と切り上げようとすると、先に女性が「あの」と口を開いた。

「ちょっとその自転車貸してもらえませんか」

「え？」

女性は「変なことをお願いしてごめんなさい」と身を縮める。

「自転車の鍵をどこかで落としちゃったみたいで……家にスペアキーはあるんですけど、あの、とにかく早く戻らないといけなくて」

あまりに突拍子もない話に思えた。こんな知り合いと言えるかどうかも微妙な相手から自転車を借りるくらいならば、駅前でタクシーでも拾う方が早いはずだ。

反射的に、素性を確かめるための問いがいくつか浮かんだ。だが、それを口にすれば疑っていることは明らかで、本当に歩美のママ友なのかもしれない以上、下手なことは言えない。

女性は長いまつげを伏せた。

「早く戻らないとリョウマが……」

正太郎は女性の顔へ視線を向ける。

「お子さんを留守番させてるんですか？」

「留守番というか、その」

女性は紙袋を抱えた腕に力を込めた。

「ほんのちょっとのつもりだったんです。でも思ったより時間がかかっちゃって、早く戻らなきゃいけないのに鍵がないし、歩いて戻ったら遅くなっちゃうし、どうしようって私……」

正太郎は、麻酔で感覚が戻らない顎に拳を当てる。

疑念が消えたわけではなかった。けれど本当に五歳の子どもが一人でいるのだとしたら、こうしている間にも転落、誤飲、感電——様々な事故が起こりうる。

「わかりました」

女性が弾かれたように顔を上げた。正太郎は、壁に貼られた館内の案内図を指さす。

「そしたら私はこの喫茶店で待ってますんで、戻ったら声をかけてください」

正太郎は自転車を渡し、「何かあったら娘——司の母親に連絡してもらえますか」と言い添えた。女性は何度も礼を言いながら自転車を駐輪場の出口まで押していき、「すみません、すぐに戻ります」と言ってサドルに跨《またが》る。

正太郎は、駅とは反対側へ走り始めた後ろ姿を見送ってから、スマートフォンを取り出した。歩美の番号を呼び出してかけたものの繋がらず、ＬＩＮＥで簡単に経緯を説明する。三十秒ほどで既読がつき、折り返しの電話が来た。

『もしもし、お父さん?』

「ああ、LINE読んだか」

『なんでそんなことになってんの?』

歩美の声が裏返る。

「それより、リョウマって子は本当にきりん組にいるんだよな?」

『あ、それは大丈夫。リョウマくんは二カ月くらい前に転園してきた子』

念のため女性の外見についても伝えてたぶん本人で合ってると思うと言われ、正太郎は息を吐いた。

歩美のママ友で間違いないのなら、そのうち子どもを連れて戻ってくるだろう。

だが、歩美は『私リョウマくんママの連絡先知らないんだよね』と続けた。

正太郎は、ほんの少し嫌な感じを覚える。

——だとすれば、彼女も歩美の連絡先は知らないことになる。

そして、こちらが何かあったら歩美に連絡するようにと言った時点で、彼女も連絡先がわからないことには気づいたはずだ。

「まあ、コーヒーでも飲みながら戻るのを待つよ」

とりあえず正太郎が言うと、歩美はなんか迷惑かけちゃってごめん、と声を沈ませた。正太郎は、彼女が戻ってきたら連絡すると約束して電話を切る。

引っかかる点はあったものの、正太郎としては、この時点で問題はほとんど解決したつもりでいた。相手の身元が確かならば、トラブルになるようなこともあるまい、と。

だが、彼女はその後二時間経っても戻ってこなかった。


「これまた大きな持ち物を減らしてきたわねぇ」

二十分かけて徒歩で帰宅すると、呆《あき》れ顔の妻に出迎えられた。

「いつも、出かけるたびに荷物を減らして帰ってくる人だとは思ってたけど」

「いつもってほどじゃないだろう」

正太郎はバツの悪さを感じながら靴を脱ぐ。

「あら、傘だってハンカチだって、どんどんあげてきちゃうじゃないの。困ってる人がいたからって」

「……今回のは貸しただけだ」

妻の澄子《すみこ》は「毎回そう言ってるけど」と面白がっている口調で言い、正太郎の上着を受け取った。

部屋着に着替えてリビングへ向かい、ソファでひと息ついたところで、玄関チャイムが鳴った。

澄子が応対しに行くよりも早く鍵が開けられる音が続き、ただいまー、という歩美の声がリビングのドア越しに漏れ聞こえる。

歩美は正太郎と顔を合わせるなり、「信じられない」と連発した。

「お父さんから自転車借りたってのも驚いたけど、そのまま借りパクするとかある？」

眉を吊り上げて声を尖らせる歩美に、澄子が「ちょっと落ち着きなさいよ」とお茶を出した。

正太郎も「まだ決まったわけじゃないだろう」とたしなめる。

歩美はお茶をひと口飲むと、湯吞を音を立ててテーブルに置いた。

「だってすぐ戻ってくるって言ってたんでしょ？　それなのにこんな時間まで連絡もしてこないって非常識にも程があるじゃない。もう夕方だよ？」

「何かあったのかもしれないだろう」

正太郎が案じているのはそこだった。

元々、子どもの身に何かあったらという懸念から自転車を貸したのだ。懸念が現実になって、自転車を返しに行くどころではなくなってしまった可能性もある。

「それでも連絡くらいはすべきでしょ」

歩美は語気を荒くして言った。

「てかマキちゃんママから聞いたんだけど、リョウマくんママってＬＩＮＥが使えないとかで誰とも連絡先交換してないらしいんだよね」

あら、と妻が言葉を挟む。

「今時そんな人いるのね。ガラケーとか？」

歩美は「さあ」と肩をすくめてみせた。

「一応マキちゃんママの電話番号は知ってるらしいから、何かあったんならマキちゃんママに連絡が来ると思うんだけど」

　スマートフォンを操作しながら、顔をしかめる。

「しかもさ、お父さんには子どもをひとりで留守番させてるって言ってたみたいだけど、どうもそうじゃなかったらしいんだよ」

「違ったのか？」

　正太郎は口につけていた湯呑を下ろし、差し出されたスマートフォンを受け取った。文字がぼやけて読めず、首から提げていた老眼鏡をかけようとしたところで歩美がスマートフォンを引き取る。

「今日はリョウマくんとタケルくんとマキちゃんの三人でくじら公園で遊んでたんだって」

「くじら公園？」

「ほら、保育園の近くの」

「ああ」

　くじらの滑り台がある公園には、正太郎も司にせがまれて連れて行ったことがあった。

　――歩いて戻ったら遅くなっちゃうし、どうしようって私……

　たしかに、あの公園は鷺沼駅からも離れた場所にあるから、たまプラーザ駅から行こうとしたら電車を使ってもそれなりに時間がかかる。

「リョウマくんママが途中でクリスマスプレゼントの買い出しに行くことになって、マキちゃんママとタケルくんママでリョウマくんを預かってたんだって。で、十一時くらいにマキちゃんとマキちゃんママは帰ったんだけど、タケルくんたちはお昼まで遊ぶって話になってたみたい」

いささか名前が多くてややこしいが、三組の母子が公園で遊んでいたところ、一人の母親が途中で席を外し、次にもうひと組の母子も帰ったため、残った母親が子ども二人を見ることになった、という話だろう。

つまり、リョウマくんという子は家でひとりで待っていたわけではなく、他の母親に預かられていたということになる。

「だったら、どうしてあんなに慌《あわ》ててたんだ？」

正太郎は首をひねった。けれど歩美は、「そりゃ慌てるでしょ」とお茶をあおる。

「子ども同士を公園で遊ばせてて、ちょっと席を外す間子どもを見ててもらうってのはよくあるけど、あんまり遅くなると感じ悪いじゃん。お昼時だったし、子どもがお腹すいたって言い出したら見ててもらうだけじゃ済まなくなるし」

「そういうのって難しいわよねえ」

澄子が相槌を打った。歩美が顔を上げて澄子を見る。

「お母さんの頃も陰口を叩く人とかいた？」

澄子は、どうだったかしらねえ、と曖昧に答えた。

「官舎のママ友付き合いなんて、夫の職場での上下関係も絡んでくるんじゃないの？　グループの中心人物みたいな人の機嫌を損ねると大変とか」

「そうねえ」

正太郎はお茶をすすりながら、二人を眺める。育児にろくに参加してこなかった身としては、こういう話になると居心地が悪い。

「要するに、私が舐《な》められてるってことだよね」

歩美がふてくされた声音で言った。正太郎は、思いもよらぬ強い言葉に少し驚く。

「だってリョウマくんママは、タケルくんママと私のどっちに迷惑をかけるか天秤にかけたってことじゃない」

「いや、それは」

正太郎は咄嗟《とっさ》に否定しようとしたが、言葉が続かなかった。

そういうことになるのかもしれないと思ったからだ。ママ友に迷惑をかけないために他のママ友に迷惑をかける――一見本末転倒に思えるが、相手の重要度に差があるとなれば話は違ってくる。

「まあでも、怖がられるよりは舐められる方がいいじゃないの」

澄子がのんびりとした口調で宥《なだ》めた。

「別にタケルくんママは怖がられてるわけじゃないよ」

歩美がため息混じりに言う。

「タケルくんママ、いい人だし」

「そうなの？」

「うん。おおらかで頼りになる人。保育士だから子どもの扱いも上手いし、面倒見もいいし」

正太郎は意外な思いで歩美を見た。そこは素直に褒《ほ》めるのか。

「よくお迎えの後に一緒に子どもたちを公園で遊ばせるんだけど、誰かがちょっと席を外していい？　って言うと、いつもタケルくんママはいいよいいよ行っといでってって快く送り出すんだよね。それで陰口言うのとかも見たことない」

「へえ、本当にいい人じゃない」

澄子が言うと、歩美は「そうなんだって」と複雑そうな顔をした。

「タケルくんママは、自分も気軽に子どもを預けてくの。だからみんなもタケルくんママには子どもを任せやすいっていうか、お互い様だよね、助け合いって大事だよね、みたいな空気に自然になるっていうか」

「今もそういう人いるのねえ」

「でしょ？　私も司を保育園に通わせるまでは今時の育児ってもっとギスギスしてて、全部家族だけでなんとかしなきゃいけない感じなのかと思ってたもん」

歩美はダイニングテーブルにだらりと腕を伸ばす。

「正直私は人様の子どもを預かるのは怖いし、貸し借り的なのは苦手なんだけど」

「でも、そういう人って貸し借りみたいには考えないんじゃないの？」

そうなんだよー、と今度は背もたれに首を反らせる歩美を、正太郎は微笑ましい気持ちで眺めた。

「まあ、どちらにしても週明けになれば保育園があるわけだし、このまま連絡が取れないってこともないだろう」

澄子も「そうよ」と取りなす声音で言う。

「自転車が戻ってくるまではお迎え代わってあげられないけどね」

茶化すように続けた澄子に、ようやく歩美も「えーそれは困る」と声をやわらげた。

そのまま澄子が「今日は夕飯はどうするの」と話を切り替え、二人は献立の話題で盛り上がり始めた。正太郎はそっと席を立ち、ベランダへ出る。

煙草に火をつけ、煙を深く吸い込んだ。ニコチンが身体に行き渡っていく感覚を味わいながら、ゆっくりと吐き出していく。

箱を見ると、残り二本だった。

そろそろ煙草もやめ時かな、とぼんやり思う。元々、やめることにはそれほど抵抗はなかった。これまでにも、捜査中で吸う暇がないときには吸わずにいられたし、年単位で禁煙していたことも何度かある。

それでもまた喫煙するようになったのは、単に煙草を吸っている時間が好きだからだった。一人で煙を眺めていると感情がなだらかになるし、喫煙所で人と他愛もない話をしながら灰を落とすのも楽しい。美味しいものを食べるような感覚だから、吸うなと言われればやめることもできるが、これから一生吸ってはいけないと言われたら寂しい気もする。

だが、退職してから明らかに本数が増えていた。手持ち無沙汰でつい手を伸ばしてしまい、気づけば一日一箱以上吸ってしまっている。一箱六百円としてもひと月一万八千円——退職金は出たとはいえ、まだ年金をもらっていない身には分不相応な嗜好品なのかもしれない。

歯医者にも金がかかるしな、と顎をさすりながらリビングに戻ったときだった。

「お父さん」

キッチンカウンターの前にいる歩美が、妙に慌てた声を出した。

顔を向けると、澄子も歩美の隣で難しい表情をしている。

「どうした」

「今、マキちゃんママから連絡があって」

歩美がスマートフォンを差し出してきた。正太郎は老眼鏡をかけて目を凝らす。

画面には、ネットニュースの記事が表示されていた。

〈離婚調停中の妻を刺傷　ストーカー夫を殺人未遂容疑で逮捕
11月24日正午前、川崎市宮前《みやまえ》区鷺沼の公園で離婚調停中の妻（26）の右腕を包丁で刺したとして、神奈川県警が日浦陽平《ひうらようへい》容疑者（27）を殺人未遂容疑で逮捕した。妻は昨年6月、容疑者からのDV被害を緑《みどり》南署に訴え、当時4歳だった子どもを連れて目黒区の知人宅へ避難していた。日浦容疑者は今年2月、妻の知人宅へ押し入り、住居侵入とストーカー規制法違反の罪で有罪判決を受け、執行猶予中だった〉

文章の合間にある写真には、くじらの滑り台が写っている。

――まさか。

正太郎の思考にかぶせるように、歩美が言った。

「これ、リョウマくんママのことなんじゃないかって」


歩美が続けて見せてきたLINEのトーク画面には、ラテアートの写真のアイコンと歩美のやり取りが交互に並んでいた。

〈今さっきくじら公園の前を通りがかったらパトカーが停まってて、立入禁止みたいなテープも張られてたからびっくりして調べてみたらこの記事が出てきて〉

〈でも、この人目黒区に住んでるみたいに書いてあるけど〉

〈今の住所は一応伏せたんじゃない？　日浦ってそんなに多い苗字じゃないし、しかも今日の昼頃くじら公園でって〉

ラテアートのアイコンがマキちゃんの母親のものなのだろう。正太郎が読んでいる間にもスマートフォンからは短い着信音が鳴り続け、新しいメッセージが追加されていく。

〈てか、もうニュースになってるみたいだから言っちゃうけど、私、離婚調停中ってのも旦那さんのDVから逃げてきたってのも、リョウマくんママから聞いたことあるんだよね〉

〈さっきは人の事情を勝手に話すのもよくないと思って、LINEの件ちゃんと説明できなくてごめん〉

〈LINEが使えないってのも、旦那さんにGPSで居場所を探られちゃうからずっと機内モードにしとくしかないせいみたい〉

「歩美はこの話聞いたことあったの？」

正太郎の反対側から画面を覗《のぞ》き込んでいた妻が尋ねた。

歩美は呆然《ぼうぜん》とした表情でスマートフォンを見つめたまま、「私は……離婚調停中ってことだけ」と答える。

正太郎は、自分のスマートフォンで事件のニュース記事を検索し直した。改めて文面を読み、緑南署、というところで目を留める。

緑南署の生活安全課が担当した今年二月のストーカー事件の話は、同署に勤める元同僚から聞いたことがあった。

あのときの犯人が、たしか日浦といった。

話題に上ったのは、被疑者が被害者を見つけ出した経緯に特異なものがあり、一部でニュースにもなっていたからだ。

事件のきっかけは、妻と一緒に逃げた幼い息子が好きなプラレールだった。

息子は父親と暮らしていた頃からプラレールに熱中していて、誕生日やクリスマスのたびに様々な車種をもらっていた。車種によっては、既に廃番になっていて中古店かフリマアプリ、ネットオークションでしか入手できないものもあり、妻は息子の五歳の誕生日に、息子が欲しがる車種を入手するためにフリマアプリを利用したのだという。

この父親は、息子が欲しがるであろう車種に当たりをつけて入手し、誕生日前の時期を見計らってフリマアプリに出品していたのだった。

夫は発送元の都道府県を偽った上で商品にＧＰＳを仕込ませ、購入者が出るたびに相手の住所を突き止め、それが彼女かどうかを確かめていた。

彼女が夫から商品を購入してしまうまでに、夫が出品、販売したプラレールの台数は十二台。つまり夫は、それだけの回数、ＧＰＳとプラレールを購入し、販売し、購入相手の素性を確認し続けていたということになる。

しばらくしてこの夫に執行猶予がついたと知ったとき、正太郎は反射的に嫌な予感を抱いたのを覚えている。

被害者と子への接近禁止命令は出されたという話ではあったが、これだけの執念を持った男はそんなことではあきらめないのではないかと思ったからだ。

――実際、男はこうして一年も経たないうちに再び罪を犯した。

「どうして居場所がバレちゃったんだろう」

歩美がぽつりとつぶやく。

「現時点では情報が足りないからなんとも言えないが、可能性はいくらでもあるな」

正太郎は二月の事件について自分が知っていることを話すか少し迷ったものの、ひとまず一般論を話すことにした。

「仕事を変えていないのであれば職場に張り込むやつはいるだろうし、もし転職していたとしても同業種に就く可能性があるから、そこから地道に探りを入れていく方法はある。被害者がSNSに投稿した写真に映り込んでいるものから生活圏がわかるケースも少なくないし、住民票に閲覧制限をかけていても弁護士に開示されることはある」

「でも、さすがにストーカーで逮捕されたことがあるような人に住所を教えちゃう弁護士なんていないんじゃないの？」

「普通はな」

正太郎はスマートフォンの暗転した画面を眺める。

「探偵事務所だって妻を探してほしいなんて依頼人が来たら警戒するし、そいつに逮捕歴があるかどうかも調べればすぐにわかる。だけど、弁護士だろうが探偵だろうが金に目がくらむやつはどこにでもいるもんで、中には情報の取得元を明かさない約束で教えてしまう輩《やから》もいないとは限らない」

しかも相手は、購入してもらえるのかもわからないプラレールを延々と入手し、GPSをつけて販売し続けていたような男なのだ。

「それじゃ全然安心できないじゃない」

澄子が顔をしかめた。

「安全面だけでいえば、住民票は動かさず、縁もゆかりもない土地のDVシェルターに入って、その後は母子生活支援施設に入居するのがベストだろうな。施設には保育者もいるから民間の保育園に通わせる必要もないし、居場所を隠すために注意するべきことも指導してもらえる」

結局のところ、人を探す上での最初のよすがとなるのは人縁、地縁なのだ。だから事件の捜査においても、まずはその人の人間関係を把握し、過去に住んでいた街や親の実家がある県など、本人の土地勘があるだろう場所を探る。

逆に言えば、徹底的に身を隠そうと思ったら、過去の人生を捨て去る覚悟をしなければならないということだ。一度も訪れたことのない土地へ行き、スマートフォンは新しい番号で契約する。家族や友人知人とは一切連絡を取らず、それまでにやったことがある職には就かない。そこまですれば、その人を見つけ出すのは格段に困難になる。

「でも、そんなの現実的には無理でしょ」

歩美は、痛ましそうな顔をした。

「大人一人ならともかく、小さい子どもを連れた状態で一からやり直すなんて……」

「そうよねえ」

澄子も相槌を打ち、二人で唸《うな》り始める。

正太郎は席を立ち、再びベランダへ向かった。

――リョウマくんママが途中でクリスマスプレゼントの買い出しに行くことになって、

ふいに、歩美の言葉が蘇る。

何を買ったのだろう、と気になった。

前回の事件において、リョウマくんの母親が夫に居場所を突き止められたのは、「息子の好きなもの」が、両親を繋いでしまったからだ。だからこそリョウマくんの母親は、今回はまだ十二月に入ってもいない時期に、ネット上ではなく店舗で買うことにしたのだろう。だが、それで本当に息子が欲しがるものを買えたのか——

正太郎は煙を吸い込んでから、先ほど禁煙しようと考えたばかりだったことを思い出した。吐き出しながら、唇の端を歪める。

自分がしてきた仕事について考えさせられるのは、こういう場面だ。

刑事として事件に対峙《たいじ》する際、些細《ささい》に思える情報でもとにかく集めることは仕事そのものだった。聞き込みでは事件に関係があるかわからないことでもとりあえず聞き出し、現場では五感で感じ取れることのすべてに注意を向けた。事件に関係しているかもしれない専門知識については専門家の力を借りて勉強し、世の中で同時に起きている様々な出来事にアンテナを張った。

何が事件解決のヒントになるかわからなかったからだ。

けれど刑事という肩書きがなくなった今、ほとんどのことは知る必要がない。

事件についてどうしても詳しく知りたいと願うならば、取れる手立てはいくつもある。まずは歩美から連絡が取りやすいマキちゃんという子の母親に話を聞き、次に、事件当時現場にいたらしいタケルくんの母親に聞き込みをする。現場に行けば他にも目撃者の証言が得られるかもしれないし、自転車を貸している状況を利用すれば被害者に直接接触できる可能性もある。

そして、この夫婦の前の事件を担当していた元同僚に連絡を取れば、被疑者や被害者のさらに詳しい情報を教えてもらうことも不可能ではないだろう。

問題は、そこまでするべき理由があるのか、だ。

他人のプライバシーに踏み込み、知っても知らなくても自分の人生にはあまり関係もなく使い途もない情報を、それでも手に入れようとする資格があるのかどうか。

正太郎は、長く伸びた灰を落とし、そのまま火を揉み消した。

結局のところ、今の自分にとって知る必要がある情報は、自転車がいつ返ってくるのかということだけでしかない。


その後の三日間は、何の進展もなく過ぎた。

歩美は週明けすぐに担任の先生に事情を話し、リョウマくんの母親から連絡が来たら自分の連絡先を伝えてほしいと頼んでおいたらしいが、リョウマくんは保育園を休み続けており、母親からの音沙汰もないままだという。

そして歩美自身、仕事でトラブルがあって連日お迎えの時間が遅くなっていたため、他の保護者に会う機会もなかったという話だった。

事件の報道としては、最初に出たネットニュースの他に二つの記事が上がったものの、どちらも新しい情報は、被害者が負った怪我は全治一カ月程度のものであること、被疑者が「スマートフォンのＧＰＳを追跡してきた」と供述《きょうじゅつ》しているらしいことくらいだった。

歩美から電話が来たのは、四日目の二十二時過ぎ。正太郎と妻がとりあえずは当座のために安価なシティサイクルでも買うかとパソコンで調べていたときだった。

LINE通話のけたたましい着信音が鳴り、澄子がその場で出た。

「大丈夫よ、テレビ観ながらだらだらしてただけ。うん、お父さんも」

スマートフォンを差し出され、正太郎はお茶で喉を湿らせてから受け取る。

『あ、お父さん？　夜遅くにごめんね。司がなかなか寝てくれなくて』

正太郎も妻の返しと調子を合わせると、歩美は、あのね、とわずかに被《かぶ》せ気味に切り出した。

『今日やっとリョウマくんママから連絡が来て、自転車ちゃんと返してもらえることになったから』

「お、そうか」

正太郎はスマートフォンを顔から離し、隣にいる妻に「聞こえたか」と尋ねる。澄子は指でOKサインを出し、マウスを操作してタブを閉じた。

正太郎がスマートフォンを耳に当て直すと、『あれ、お父さん？』という声が聞こえてくる。

「ああ、聞こえてるよ」

『それでね、リョウマくんママとしてはすぐにでも家にまで持っていきたいっていうんだけど、お父さんの都合はどうかなと思って』

「いや、うちはいつでも構わんが……」

正太郎は、キッチンで皿を洗い始めた妻に顔を向けた。

「向こうさんもいろいろ大変だろうし、こっちは落ち着いてからでもいいぞ」

『でも、自転車がないままだと買い物とかも不便でしょ？』

そう言われると、買い物は主に妻がやってくれている以上、否定しづらい。

正太郎は小さく咳払いをした。

「それより、リョウマくんのお母さんの具合はどうなんだ」

『傷としてはそんなに深くなくて、後遺症とかも出なさそうだって。さすがにショックは受けてるみたいだったけど、声を聞く限りは落ち込んでるっていうより、とにかくみんなに迷惑かけちゃったことを申し訳ながってる感じだった』

「リョウマくんは」

『意外に元気で、あんまり事件のことは気にしてないみたい』

「ああ、それはよかった」

とはいえ、メンタルケアは必要だろう。父親が突然現れただけでも怖かっただろうに、父親が母親を刺すところを目撃してしまったのだから。五歳ならば大きくなるにつれて記憶も薄れていくかもしれないが、だからこそ深いトラウマになってしまうこともある。

だが、歩美は『てかさ』と続けた。

『なんかリョウマくん、そもそも事件のことにピンと来てないっぽいんだよね』

「現場を目撃したわけじゃなかったのか？」

『リョウマくんママはスマホを公園に置いてってたらしくて、旦那さんはリョウマくんママが戻ってくる前には公園に着いてて、リョウマくんママが公園に戻ってきてすぐに言い争いになったって感じだったみたいなんだけど』

「ちょっと待て、リョウマくんは父親が来た時点で気づかなかったのか？」

『ちょうどその頃かくれんぼをしてたっていうから、もしかしたらお互い気づいてなかったのかも』

それは不幸中の幸いだったと言えるだろう。もし母親が戻ってくる前に見つかっていたら、父親は息子を連れ去ろうとしていたかもしれない。

『で、タケルくんママはリョウマくんママたちが言い争い始めた段階で子どもたちを連れて公園を出て、とりあえず近くのコンビニに駆け込んでから通報したんだって』

正太郎は、英断だったな、とうなずく。

その状況では、それしかなかっただろう。男性だったら仲裁に入るという方法もあったかもしれないが、女性で、しかも子どもを連れていたとなればその場で本人ができることはない。

『旦那さんはパトカーのサイレンを聞いて逆上して刺したみたいで、タケルくんママは責任を感じてるみたいだったけど……』

「そんなのは結果論だろう。普通は警察が来た時点で観念するケースの方が多い」

歩美は『そうだよねえ』と煮えきらない声を出した。

『でも、その通報のときのドタバタでリョウマくんがいなくなっちゃって大騒ぎになったのもショックだったみたい。三十分くらいで警察の人が公園から少し離れたマンションの外階段下で座り込んでるのを見つけてくれたらしいんだけど』

正太郎は一拍置いてから、ああ、と声を漏らす。

「それについては気に病んでも無理はないかもしれないな」

くじら公園、そして近くのコンビニの周囲は、それなりに車の通りの多い道だったはずだ。交通事故にも誘拐にも巻き込まれずに済んだのだからいいと考えるのは、それこそ結果論に過ぎない。

「まあ無事だったわけだし、父親が母親に対して凶行に及ぶところを目撃するよりはよかったんじゃないか」

『私もそう思うんだけど……タケルくんママとしては、自分が預かっていた子どもを危険に晒《さら》したってことが許せないんじゃないかな。仕事なわけじゃなかったけど、普段は保育士をしてるわけだし』

職業柄、子どもの安全を守りきれなかったことを悔やむ気持ちはわかる。しかし、暴力を振るう男が突然現れたという状況は緊急事態だ。異常な環境下において完璧な行動を取れなかったとしても、それで彼女を責めるのはあまりに酷《こく》というものだろう。

正太郎がそう言うと、歩美は数秒の間を空け、『それでさ、ちょっと変なことがあって』と声のトーンを落とした。

『マキちゃんママたち、事情聴取でリョウマくんママのスマホに触らなかったか訊かれたらしいんだよね』

「被疑者がGPSを追跡してきたって件か」

正太郎はノートパソコンで検索し、ネットニュースを表示する。

『リョウマくんママの話では、事件直後に警察がスマホを見たらちゃんと機内モードのままだったらしくて』

「どういうことだ？」

正太郎は眉根を寄せた。

『私もよくわかんないけど……機内モードのままだったんなら、普通は旦那さんの供述がおかしいって話にならない？』

たしかに、その状況では別の追跡方法があったと考えるのが妥当だろう。既に逮捕されている被疑者に供述を偽る理由はないように思えるが、たとえばそれが違法なやり方だったとすれば、隠す動機もないわけではない。

『でも、リョウマくんママは公園にいる間にちょっとでも機内モードを解除してしまった時間はないのか何度も訊かれたみたいだし、マキちゃんママたちも、リョウマくんママの荷物はどこに置かれていたかとか、子どもは荷物に近づいていなかったかとか、かなりしつこく確認されて指紋も取られたっていうんだよね。――ママ友同士でトラブルがなかったかとかも訊かれたらしいし』

「嫌がらせでわざと解除したんじゃないかって？」

歩美は『たぶん』と不満そうな声を出した。

『マキちゃんママもタケルくんママもそんなことするような人たちじゃないし、リョウマくんママだって、うっかり機内モードを解除させちゃったってことはあったかもしれないとしても、だったら戻すときに解除されてたことに気づいたはずでしょ？』

「そもそも、どうしてそのスマホを機内モードにして使い続けてたりしたんだ」

正太郎は、尋ねるためというよりもひとりごちる感覚でつぶやいた。

夫にＧＰＳを探られていることを認識していたのなら、そのスマホは解約し、新しいものに買い替えるのが一番だろう。

ストーカーはターゲットを監視することでかろうじて心の安寧を保っているようなところもあるから、解約して安否もわからないような状態にしてしまうとパニックに陥って余計にストーカー行為を助長させてしまう可能性はあるが、どうせ機内モードにし続けていたのなら電源を切りっぱなしにしておいても変わらなかったはずだ。何か夫婦にしかわからない理由でもあったのか――

――けれど歩美は、『写真を撮る用として使ってたらしいよ』とあっさり言った。

『一応、他に仕事用のスマホも持ってるんだって。でもそっちは個人的な用では使っちゃいけないやつだから』

なるほど、と正太郎はうなずく。それなら新しいスマートフォンを契約しなかったことも不自然ではない。普段は仕事用のスマートフォンを使えたのならば、それでとりあえずは何とかなっていたのだろう。たまに写真を撮るために電源を入れるくらいなら頻度も高くないだろうし――

と、そこで、思考が写真という単語に反応した。

「夫も、写真を撮っていたんじゃないか」

『え？』

「警察が被疑者の供述を疑っていない以上、被疑者の供述には裏付けが取れているんだろう」

『裏付けって?』

「GPS画面のスクショだよ」

正太郎は口にしながら、そうだ、と思う。被疑者からすれば、妻のスマートフォンのGPSが表示されているのを見つけたら、真っ先に記録を取らなければと考えたはずだ。妻の行方に繋がる最も有力な情報であり、しかもいつ消えてしまってもおかしくなかったのだから。

――だからこそ、「公園にいる間に機内モードを解除しなかったか」という具体的な問いになったのだろう。

おそらく夫の手元には、GPSがくじら公園を示しているスクショが存在するのだ。

正太郎の脳裏に、スマートフォンを一心不乱に操作している男の姿が浮かんだ。

延々と妻の位置情報を確認し続けていた男は、ついに妻の居場所が表示された瞬間、狂喜したことだろう。機内モードが解除されてしまったのがどのタイミングなのかはわからないが、そもそもリョウマくんたちが公園にいたのは二時間ほどだった――つまり夫は、機内モードが解除されるとすぐに気づき、現場に駆けつけたことになる。

ストーカー行為で逮捕され、執行猶予判決を受けてから数カ月――それでも夫は、妻がどれだけ隠れようともあきらめず、探し続けていたのだ。

『それじゃあ、本当に機内モードが解除されてたかもしれないってこと?』

歩美が声を跳ね上げた。

『だったら誰が機内モードに戻したの？』

「常識的に考えれば戻す時点で解除されてたことに気づいただろうし、被害者自身が気づいて戻したなら夫が来るかもしれない場所に息子を置いていくことはしなかったはずだが……」

しかし戻した人間がタケルくんの母親とマキちゃんの母親のどちらか、あるいは両方だった場合、彼女たちにはその事実を隠す必要がない。機内モードが解除されてしまっていることに気づいて戻したのなら、それは単に親切な行為なのだから。

必要があるとすれば——機内モードを解除してしまったのも彼女たちだった場合だ。

本人がいないところで勝手にスマートフォンに触り、しかもそれが事件の原因になってしまったのなら、過失だったにせよ責任は重大だ。怖くなってしらばっくれることにしたというのもありえない話ではないだろう。

歩美もその可能性に思い至ったのか、でも、とかすれた声で言う。

『二人とも人のスマホに勝手に触ったりするような人じゃないし……』

「たとえば、鞄からスマホが落ちて拾った拍子にたまたま指が画面に触れて、モードを切り替えてしまったのかもしれない」

『そうだったんだとしても、間違えて解除しちゃったことに気づいて戻したんなら、普通はその時点でリョウマくんを連れて少なくとも公園からは離れるでしょ？　リョウマくんママに連絡を取る方法はなかったかもしれないけど、私だったらすぐ公園を出て、とりあえずリョウマくんママが行ったたまプラの方へ向かったと思うけど』

「事件が起きるまでは、機内モードが解除されてしまっていたことに気づかなかったのかもしれないだろう」

被疑者と被害者の会話を聞いて初めて、自分がスマートフォンを拾った際に誤って機内モードを解除させてしまったかもしれない可能性に気づき、事件のドタバタに紛れて確認した。すると本当に解除されてしまっていたので、慌てて機内モードに戻した――少なくとも、それなら悪意はなくても筋が通る。

『そんな……』

歩美は、何をどう考えればいいのかわからなくなってしまったような声を出す。

正太郎はため息をつき、「どれも限られた情報を元にした憶測に過ぎない」と言い足した。

「そもそも俺は誰からも直接話は聞いてないし、現場を見たわけでも、関係者の人柄を知っているわけでもない」

『じゃあ、私はどうすればいいと思う？』

「どうもしなくていいだろう。必要があれば警察がきちんと調べる」

答えながら、正太郎は口の中に苦味を覚える。

娘から話を聞いて、憶測を口にしてしまったのは自分自身だ。捜査権限がなく、個人的に聞き込みをして回るつもりもない以上、どうしても憶測の域を出ないことは初めからわかっていたのに――それでも自分は、事件の話を聞いて関心を持たずにはいられなかった。

『そうだよね……』

歩美が気落ちした声を出し、沈黙が落ちる。しばらくして、『なんか変な話しちゃってごめんね』と言い、通話を切った。

正太郎は、かけたままだった老眼鏡を外し、焦点が合わなくなったネットニュースの画面をぼんやりと眺める。

神経を抜いたはずの歯が、わずかに痛むような気がした。

土曜日の午前十一時、正太郎のマンションのエントランス前に自転車と菓子折りを持って現れたリョウマくんの母親は、「このたびは、ご迷惑をおかけしてしまって本当に申し訳ありませんでした」と、まるで謝罪会見に立たされた人間のように虚《うつ》ろな表情で頭を下げた。

一週間前に駐輪場で会ったときとは別人のように覇気がなく、服装も黒いニットに緑のチェック柄のロングスカートと、前回よりよほどきちんとしているはずなのに、背中が丸まっているせいかひどくくたびれて見える。

正太郎は思わず歩美を見た。歩美も戸惑っているのか、「そんな、いろいろ大変だったんだしほんと気にしないで」と慌てたように言う。

リョウマくんの母親は顔を上げず、菓子折りを差し出した腕も下ろそうとしなかった。正太郎は少し迷いながら受け取り、袋に入った洋菓子店のロゴを見て、「ああ、ここ妻が好きなお店なんですよ」と顔をほころばせてみせる。

「ほんとだ」

歩美も声を弾ませ、「ほら司、チョコだって」と手を繋いでいた司に見せた。

「チョコ！」

司が目を輝かせる。袋から箱を取り出し、リョウマくんの母親の後ろに隠れるようにして立っているリョウマくんに見せた。

「リョウマくん、いっしょにたべよ！」

リョウマくんは、母親の反応をうかがうように見上げる。

「もしよかったら、お茶でも飲んでいかない？」

すかさず歩美が、リョウマくんの母親に尋ねた。リョウマくんの母親は「でも……」と視線を泳がせたが、歩美が「司も朝からリョウマくんに会えるの楽しみにしてたから」と言い足すと、じゃあ少しだけ、とうなずく。

歩美はリョウマくんの母親の背中に手を当て、エントランスに入っていった。エレベータのボタンを押しながら「よかったね」と司に声をかける。

「うん！」

司は飛び跳ねるようにして言い、物珍しそうにエントランスを見回しているリョウマくんに向かって、なにしてあそぶ？　と話しかけ始めた。歩美も「司しばらく駄々こねてただろうし、つき合ってくれて助かったよ」とリョウマくんの母親に笑顔を向ける。

三階に上がり、エレベータのドアが開くや否や、司がリョウマくんの手を引いて飛び出した。

歩美は「こら、走らないの！」と声を張り上げてから、リョウマくんの母親に向かって苦笑する。

「なんか最近、本気で走られると追いつけなくなってきたんだよね」

「あ、わかる」

リョウマくんの母親は、歩美相手だからか先ほどよりは柔らかい口調で答えた。けれどやはり、努めて普通にしゃべろうとしているようなぎこちなさは拭《ぬぐ》えない。

正太郎は彼女の後ろ姿を眺めながら、大丈夫だろうか、と考えた。

執行猶予中の夫が突然現れ、しかも包丁で切りつけてきたなんて事件があった直後なのだから大丈夫なわけがないだろう。だが、それでも歩美からは、そこまで気落ちしている様子ではなかったと聞いていたのだ。

その後何かあったのか——歩美もこのまま帰してしまっていいのか不安を覚えたからこそ、無理にでも家に上げようとしたのだろう。

家に着くと、司は早速リョウマくんを和室へ連れて行っておもちゃで遊び始めた。

正太郎はリビングのソファに座り、テレビをつける。最近公開された映画の紹介が始まり、なんとなく流れてくる情報を眺めながら意識の端で歩美たちの会話を耳にする形になった。

二人はしばらく、今月一杯でリョウマくんが保育園を辞めることについて話していた。事件を受けて引っ越しをせざるをえなくなったという話に、正太郎はやるせない気持ちになる。

接近禁止命令に違反して妻へ接触し、さらに殺人未遂罪まで重ねた夫は、二月の事件の執行猶予が取り消される上、さらに重い実刑判決が下されるだろう。だが、それで夫があきらめるという保証はない。檻の中でどれだけ過ごそうと、出所したらまた彼女たちを探し始めるかもしれないのだ。

「最終日っていつか決まってる？」

「一応週明けに挨拶には行こうかなって」

正太郎は、横目でリョウマくんの母親の顔を確認した。まだ表情は硬いものの、少し笑顔が戻ってきている。

だが、歩美が「他のママたちに伝えてもいい？　みんな挨拶したいだろうし」と続けた瞬間、リョウマくんの母親は明らかに頰を引きつらせた。

視線をティーカップに落とし、唇をぎゅっと引き結ぶ。

「え？」

歩美がおろおろと彼女の顔を覗き込む。

「ごめん、なんかダメだった？」

リョウマくんの母親は動かなかった。ただ、何かを考え込むように忙《せわ》しなくまばたきをしている。

「……タケルくんママ、私のこと何か言ってなかった？」

リョウマくんの母親はうつむいたまま、かすれた声で言った。

「何かって……」

歩美が正太郎に視線を向けてくる。だが、ここでいきなり正太郎が会話に割って入るのも不自然だ。

「もしかしたら私、なんかタケルくんママを怒らせるようなことをしちゃったんじゃないかと思って……」

「何かあったの？」

歩美が、躊躇《ためら》いがちに尋ねる。リョウマくんの母親は力なく首を振った。

「警察の人から、タケルくんママが私のスマホの機内モードを解除したって聞いたの。指紋も出たし、本人も認めてるって……でも、なんでタケルくんママがそんなことをしたのかがわからなくて……ＤＶのことだってちゃんと伝えてたのに」

「わざとじゃないのかもよ。鞄からスマホが落ちて、拾った拍子にたまたま指が画面に触れちゃったとか」

歩美は、数日前に正太郎が言った言葉を口にする。けれど、リョウマくんの母親は「ファスナー付きのポケットの中に入れてたから、それはないと思う」と否定した。

テレビがＣＭに切り替わり、音声が突然大きくなる。正太郎はリモコンに手を伸ばしかけたが、ここで音量を下げるのもわざとらしい気がして手を戻した。テレビの中では、若手芸人が出前アプリの便利さを大仰《おおぎょう》にアピールしている。

「……もしかしたら、イライラさせちゃってたのかもしれない」

リョウマくんの母親が、芸人のハイテンションな声にかき消されそうな声量でつぶやいた。

「甘えすぎちゃってたし……私がバカだから」

「ちょっと待って」

歩美が、リョウマくんの母親の腕をつかむ。

「私は、タケルくんママからリョウマくんママの悪口なんて一度も聞いたことないよ」

リョウマくんの母親は肩を小さく震わせた。

「だったらどうして……」

「何か理由があったんじゃないかな」

歩美の言葉に、リョウマくんの母親が顔を上げる。

「理由って？」

「それはわからないけど……でも、嫌だと思ってるならわざわざ休みの日に一緒に遊んだりしないでしょ」

リョウマくんの母親は再びうつむいた。

「でも、それならなんで私のスマホに触ったりなんて……」

正太郎は、どんな理由ならありうるだろう、と思考を巡らせる。悪意はなかったと仮定して、その上で勝手に人のスマートフォンを鞄から出してまで触る理由――何か見たいものがあったんだとしても、普通はロックがかかっているから中身を見ることはできない。

鞄にお茶をこぼしてしまい、中が濡れていないか確かめようとして鞄を開けた。自分のスマートフォンを忘れていて、時刻を確認するために借りた。リョウマくんがお腹がすいたと言い始め、何か食べさせられるものがないかと鞄の中を漁《あさ》った――いくつか可能性を浮かべてみるものの、どれも筋としては弱い気がする。

ふいに、歩美が「あ」と声を上げた。

「写真を撮ってあげようとしたんじゃないかな」

「え？」

リョウマくんの母親が、目を見開く。

「タケルくんママたちと公園に行ったときの話。カメラ用のスマホを持って行ってたってことは、子どもたちが公園で遊んでたとき、みんなで写真を撮ってたんじゃない？」

「撮ってたけど……」

「リョウマくんママが買い物に行った後も、タケルくんママたちは撮ってたんじゃないかと思うんだよね。でも、リョウマくんママはＬＩＮＥが使えないから撮ったやつを共有できないでしょ？　だからリョウマくんママのスマホで直接撮ってあげようとしたんじゃないかなって」

歩美は興奮気味にまくし立てる。

「それで、間違えて機内モードを解除しちゃったってこと？」

「私としてはその方が、タケルくんママがリョウマくんママに嫌がらせするためにわざと解除したなんて考えるより、よっぽど納得できる気がするけど」

リョウマくんの母親はぱちぱちと目をしばたたかせた。

「……たしかに、そうかも」

その可能性は低いだろう、と正太郎は思う。

もし本当に彼女のスマートフォンを使って写真を撮っていたのなら、写真フォルダに撮影したデータが残っていなければおかしい。撮る前に誤って機内モードを解除させてしまったのであれば、前に歩美が言っていたように、その時点で子どもたちを連れて公園から離れていただろう。

だが、必ずしも真実である必要はないのだ。

彼女の気持ちが楽になるのであれば、裏付けのない憶測でも構わない。

テレビ画面に顔を戻すと、こちらの会話が一段落つくのを見計らったように廊下から子どもたちが走る足音が響き始めた。

リビングのドアが勢いよく開き、司が飛び出してくる。

「ねえママ、チョコたべていい?」

司は歩美に抱きついた。

「おばあちゃんが、ママがいいならいいって」

歩美は「えー?」と芝居がかった声を出して「お昼前だしなあ」と腕を組んでみせる。

「一個だけだよ?」と続けたのと、リョウマくんの母親が席を立ったのが同時だった。

「ごめんね、つい長居しちゃって」

「え?　あ、ううん、そういう意味じゃなくて」

歩美もあわあわと立ち上がる。リョウマくんの母親はそういう意味じゃないのはわかっている、というように微笑んだ。

「話を聞いてくれて、本当にありがとね」

「えーまだあそびたいー」

司が駄々をこね始めた。

するとリョウマくんも「あそびたいー」と司と同じような口調で声を合わせる。

微笑ましい姿に、正太郎は目を細めた。歩美とリョウマくんの母親も、柔らかな表情で顔を見合わせる。

歩美は「司、わがまま言わないの」とたしなめた。リョウマくんの母親も、「ほら、リョウマ帰るよ」とリョウマくんの腕を引く。

だが、リョウマくんはもう片方の手で司にしがみついた。

「やだ、司くんとあそぶのー」

司も嬉しそうに「なにしてあそぶ?」と訊く。

「かくれんぼ!」

リョウマくんがそう答えたときだった。

司は「あ」と歩美を見た。リョウマくんに向き直り、「かくれんぼはダメだよ」と言う。

リョウマくんは不思議そうに首を傾《かし》げた。

「なんで?」

「んーと、タケルくんがママにダメっていわれたって」

――かくれんぼがダメ?

正太郎は、首をひねる。

どういう意味だろう。かくれんぼなんて、子どもなら誰でもやるような遊びだ。事実、事件のときにもやっていたというし――と、そこまで考えたときだった。

一つの可能性が、脳裏に浮かんだ。

まさか、と否定しようとするが、思考が急速に仮説を組み立て始める。

たしか歩美の話では、リョウマくんは、父親の事件に「ピンと来てない」らしかった。事件の瞬間を目撃していないから、そこまでショックを受けているわけじゃないということなのだろうと思っていた。

だが、考えてみれば、突然父親が現れ、目の前で母親と口論を始めたのだ。いくら五歳児とはいえ、少なくともタケルくんの母親に公園から連れ出されれば異様な雰囲気に気づかないはずがないし、お母さんはどうなるのかと強い不安も覚えただろう。

それなのに、事件のこと自体にピンと来ていないということは――もしかしたら、リョウマくんは父親が来たときには既にその場にいなかったのではないか。

タケルくんの母親は、何らかの理由でリョウマくんの母親のスマホの機内モードを解除してしまい、リョウマくんの父親が来たために子どもたちを避難させ、そのドタバタの中でリョウマくんはいなくなってしまったのだと思われていた。

けれど、順番が逆だったとしたら――

父親が来たから逃げたのではなく、リョウマくんがいなくなってしまったから、父親を呼び寄せようとした。

タケルくんの母親は保育士をしていて、ママ友の間でも人望が厚かった。

預かっていた子どもがいつの間にか公園のどこにもいなくなってしまったら、ひどく慌てただろう。公園の外にまでエリアを広げてかくれんぼをしていた息子を叱り、何とか見つけ出そうと走り回った。

だが、子どもを連れた状態では公園の周囲くらいしか探せない。名前を呼んで、かくれんぼは終わりだから出てきてと大声で言っても、リョウマくんは出てこなかった。

もし、重大な事故や事件に発展してしまったら――リョウマくんの母親のスマートフォンを手に取ったのは、あるいは単に混乱してのことだったのかもしれない。

リョウマくんの母親に連絡を取らなければと思い、けれど連絡を取る手段がないことに思い至った瞬間、その目には機内モードを示すマークが映った。

――妻にストーカーをしているDV夫が駆けつけてくれれば緊急事態になり、子どもをきちんと見ていられなかったとしても仕方ないと思ってもらえる。

「お邪魔しました」

声に我に返ると、リョウマくんの母親は靴を履いて玄関に立っていた。

正太郎は咄嗟に口を開きかけ、余計な言葉が出てしまう前に唇を引き結ぶ。

伝えてどうなる、と自分に言い聞かせた。せっかく納得できる理由を見つけて落ち着いたというのに、わざわざ台無しにする必要はない――

「じゃあ、下まで送ってくるね」

歩美がこちらを振り向いて言い、ドアを開けた。ああ、と答える正太郎の声が微かに上ずる。出て行くリョウマくんと司はまだ手を繋いでいて、頭を擦《こす》り合わせるようにしながらはしゃいでいた。

アイランドキッチン

思いついたのは、ホームセンターで種を見ていたときだった。

ミニトマト、バジル、チンゲン菜、きゅうり、こまつな、パセリ、枝豆、ししとう、アスパラ菜――棚にずらりと並んだ色鮮やかなパッケージの前で、さて、どれならベランダのプランターでも栽培できるだろう、と物色していると、後ろから軽く肩を叩かれたように唐突に、家を買おう、という考えが浮かんだのだった。

正太郎は、手にしていたチンゲン菜の種を棚に戻し、大股で店を出た。

定年退職したばかりの頃、ミニトマトの栽培を始めようと思いついたのも、この店にいるときだった。

なんとなく家でじっとしているのが落ち着かなくて、日曜大工用品でも見ようかとホームセンターに行ったはずなのに、気づけばミニトマトの種と土とプランターを買っていたのだ。

妻は、あら、と目をしばたたかせてから、懐《なつ》かしいわねえ、と笑みをこぼした。家庭菜園だなんて孝則《たかのり》の小学校の宿題以来じゃないの、と。

そう言われて初めて、正太郎は自分がなぜミニトマトの種を買ったのかわかったような気がした。

もう二十年も昔のことだ。

息子が小学生だった頃は、正太郎の人生の中で最も忙しい時期だった。ほとんど家にも帰れず、たまに目にする息子の顔は寝顔ばかり。それでもたまたま、種を植える宿題の日が非番だった。息子が土の上にパラパラと種を落として水をかけようとしていたので、ちゃんと埋めないとダメだと声をかけ、隣にしゃがんで土に穴を開けてやった。

正太郎がやったのはそれだけだったが、ある日、いつものようにとっくに孝則が寝ているはずの時間に帰宅すると、息子は目をしょぼつかせながら起きていた。

どうしても、お父さんが食べてくれるところが見たいんですって、と妻にミニトマトが乗った小皿を差し出され、一瞬、なんだこれ、と思ったところで、ああ、あのときの種か、と気がついた。

息子にじっと見つめられながら口元に運び、わずかに萎《しぼ》んだ実に歯を立てた。ぷつりと皮が破れ、中から汁が溢《あふ》れ出す。

酸味が強く、味に締まりがない。だが、うまいな、とつぶやいた言葉は本心だった。実際、ミニトマトをあれほど美味しいと感じたことは後にも先にもない――

そんな思い出をなぞる自覚さえないままに選んだ退職後の趣味だったが、いざプランター栽培を始めてみると、思いのほか性に合っていた。

毎朝ベランダに出て、新鮮な空気を胸に吸い込みながら様子を確かめ、水をあげたり雑草を抜いたりと世話を焼く。収穫したものを妻に渡すと、澄子は早速その日の食卓に並べてくれる。いくつ種を植えて、いくつ収穫できたのかを記録して表にするのも楽しく、警備会社や自動車安全運転センターに再就職した同期たちからはせっかくの斡旋《あっせん》先を使わないなんてもったいないと口々に言われたが、これはこれで悪くない老後だと満足していた。

プランターは二つ、三つと増え、ベランダは手狭になってきている。どちらにしても数カ月後には今の賃貸マンションの契約更新時期が来るから、次は庭がある物件を借りようとは漠然と考えていた。だが、考えてみれば、このタイミングで家を買うという選択肢もあったのだ。

退職金は手つかずで残っているし、貯金もそれなりにある。夫婦二人で暮らすくらいの大きさの家ならば、ローンを組まずとも買えるはずだ。妻にも長年迷惑をかけてきた。同じ神奈川県内とはいえ、異動のたびに引っ越さなければならない官舎暮らしは気苦労が多かったことだろう。労《ねぎら》いを込めて、二人でのんびりした老後を過ごす家を贈るというのは妙案ではないか。

善は急げと、その足であざみ野駅前の不動産屋へ向かった。駅の東側に四軒、西側に三軒。記憶を探りながら駅前のコインパーキングに車を停め、東口を出てすぐ右にある売買専門のひまわり不動産を訪れる。

ガラスの全面窓に貼られた物件情報紙を順に眺めていくと、良さそうだと思うものが二つあった。庭付き一戸建ての中古物件と、〈ガーデニング好きにおすすめ！〉と書かれた分譲マンションの一階。どちらも値段は予算内で、娘夫婦の家へも行きやすく、間取りも２ＬＤＫと申し分ない。

ごめんください、と声をかけながら引き戸を開けた。文房具屋を営んでいた実家を思わせる、時代に取り残されたような空気を懐かしんでいると、はーい、どうぞーという間延びした声が返ってくる。

四つあるカウンター席の奥のパーテーションから、銀縁の眼鏡を首から下げた白髪の男性が顔を出した。

〈宅地建物取引士　山中昭弘《やまなかあきひろ》〉という名札を胸につけた男には、見覚えがあった。名札ホルダーは少し左に傾いていて、それも記憶と重なる。

たしか十年ほど前、鑑取《かんど》りで訪れた際に応対してくれた男性だ。当時は年配だと感じたが、印象がほとんど変わっておらず、未だに現役のところを見ると、正太郎よりも少し年上なくらいだったのかもしれない。

「気になる物件がありましたかね」

山中は十年も前に聞き込みに来た刑事の顔など覚えていないようで、のんびりと言った。

店内を見渡すと、いつから貼られているのかわからない横浜大洋ホエールズのポスターが目に入る。

正太郎にとって、不動産屋とはもっぱら聞き込みをするための場所だった。被害者や被疑者の金銭状況、近隣トラブル、人柄、生活習慣などの情報が集まっているからだ。

それ以外の目的で不動産屋を訪れたことは、一度もなかった。

警察学校を出た後は独身寮に入り、結婚してからはずっと官舎だった。引っ越しはもう嫌になるほどしているが、こうして不動産屋で物件を選んだことはない。退職と同時に今の賃貸マンションを選んだ際も、すべて妻に任せていた。

「夫婦で暮らす家を探しているんですが」

正太郎が切り出すと、山中は、心得たようにうなずいた。

「それじゃあ、とりあえずこれを書いてもらえますかな」と使い込まれたバインダーを差し出してくる。

正太郎はカウンター席に座りながら、〈受付票〉という紙を見下ろした。印刷したものを何度もコピーして使っているのか、線が粗く滲《にじ》んでいる。

氏名や生年月日、現住所、職業、資金計画などの他、マンションか戸建か、新築か中古か、沿線、駅、駅徒歩分数、平米数、間取り、築年数、駐車場の有無などの希望を記入する欄があった。

一つ一つ考えながら書き込んでいくほどに、期待が膨らんでくるのを感じた。

それほど大きな家でなくてもいいが、とにかく広い庭が欲しい。庭仕事に疲れたら縁側に座って一服し――いや、防犯的には縁側ではなく、菜園を眺められる位置にベンチを置く方がいいだろうか。

できるだけ多めに物件を見せてもらおうと、心持ち幅を持たせて記入を終えると、山中は老眼鏡をかけながら向かいの席に座った。

「新築も中古もＯＫ、マンションも戸建もアリ、と」

「どちらかと言えば戸建の方がいいが、築年数は二十年以内くらいなら問題ない。――もっと絞り込まないと、ものすごい数になりますかね」

「そんなことはないですよ」

山中は受付票に目を通しながら言う。

「見ていくうちに細かい条件を足していけば、あっという間に当てはまる物件は減っていくもんですからね。こだわらない部分は絞り込まない方がいいです」

「なるほど」

「逆に、絶対に譲れない、こだわりたいポイントはありますか」

山中が老眼鏡をずらして顔を上げた。

「野菜の地植えをやりたくてね。庭が広い方がいいんだが」

「だから戸建か、マンションでも一階が希望、と」

受付票に何かを書き込んでいく。

「外に貼ってあったやつなんかがイメージに近いなと」

正太郎が入り口を指さしながら言うと、どの物件のことを示しているか理解しているのか、他にもいろいろありますよ、と腰を上げた。

それまでのゆったりとした口調とは打って変わり、無駄のない動きで次々にキャビネットを開け、分厚いファイルから物件情報紙を取り出していく。

またたく間に机には物件情報紙が積み上がり、正太郎は感嘆した。

「大したもんですな。全部頭の中に入ってるんですか」

まあ、この稼業も長いですからねえ、と山中は目尻に皺《しわ》を寄せる。

「今はこう、パソコンでね、不動産屋なら誰でも流通物件が検索できるようになってるんですよ。チェーンだろうが小さい街の不動産屋だろうが、それほど手に入れられる情報が変わるわけじゃない。でも、それだと検索条件にないものは取りこぼしちまうでしょう。そもそもパソコンはあまり得意じゃないですしね、アタシみたいなタイプには頭に入れておく方が楽なんですよ」

そうだ、あれもあった、とひとりごちながら机の引き出しからもファイルを取り、バサバサとめくって紙を取り出す。

「とりあえず庭というところ以外は緩めに条件を取って出してみました。ここから、これはないというものを外していきましょう」

物件情報を見始めると、なるほどたしかに駅徒歩分数が十一分だったり、予算を少しオーバーしていたり、築年数が二十年を超えていたりするものが混じっていた。

「おそらく、いろいろ見ていくうちに、庭以外にも譲れないところがはっきりしてくるはずですよ」

山中の言葉通り、最初は特に気にしていなかった条件も気になり始めた。ある物件でバリアフリーという言葉を目にすると、三階建ては歳を取った後使いにくいかもしれないと引っかかり出す。間取りは2ＬＤＫあれば十分だと思っていたが、３ＬＤＫの物件情報紙を見て、孝則や歩美が孫を連れて遊びに来たときに泊まっていってもらえるなと思ったら、部屋数は多いに越したことはない気がしてきた。

いまいちと思うものを脇へ除《よ》けていくうちに、あれほど大量にあると思っていた物件情報紙は六枚に減っていた。

「本当に減るものなんですな」

正太郎がつぶやくと、山中は、そういうもんです、と笑った。絞り込まれた物件情報紙を見比べ、ふむ、と顎を撫でる。

「意外にマンションもアリですか」

「いや、初めはなんとなく戸建の方がいい気がしたんだが、よく考えたら老後を過ごす家なんだし、階段がない方が楽でいいのかもなと」

「それは確実にそうですよ」

山中はきっぱりと言った。

「歳を食ってくると、どうしても足腰にきますからね。旦那さんは大丈夫でも、奥さんの方が先に弱っちまうこともある。ずっと戸建に住んできたけど、老後はマンションに住み替えたいって人も少なくないです」

「そうなんですか」

「実際、マンションってのは歳を取ってくるほどいいもんだと思いますよ。修繕とか清掃とかね、管理会社がやってくれるのは大きい。いちいち個人で業者を探して依頼するのは何かと面倒でしよう」

山中は、よし、それならまだ少しありますよ、と言って立ち上がった。再びキャビネットを開け、物件情報紙を引き抜いて机に置く。

正太郎は追加された二枚を手に取り、間取りと数枚の写真が載った方に目を落とし――あれ、と思った。

ここは、知っている。

焦げ茶色とクリーム色がスタイリッシュに組み合わされた外壁の八階建ての建物、エントランスの左右には小さな二体のシーサーが置かれている。

山中は正太郎の視線の先を確認し、「ここも人気の物件ですよ」と楽しそうに言った。

「築年数は少しいってますが、この部屋はフルリフォームしてますし――」

弾んだ声が遠ざかり、記憶が蘇ってくる。

たしか警部補に昇任する直前の頃だから、今から十一年前。

グランドシーサーあざみ野は、正太郎がこの街の所轄で刑事をしていた頃、捜査のために何度も訪れたマンションだった。

＊

県警の通信指令室に一一〇番が入電したのは、二〇〇八年七月十日の深夜一時過ぎ。

通報者は、グランドシーサーあざみ野の二階に住む舟島洋平《ふなしまようへい》という三十四歳の男性だった。寝付けずにテレビを見ていたら、外から何かが破裂するような大きな音が聞こえた。何事かと確認しに行ったところ、死体を発見することになったという。

死因は高所からの転落による脳挫傷《のうざしよう》と内臓破裂。即死だった。

亡くなったのは、同マンションの八階に住む豊原実来《とよはらみく》、二十八歳のOLで、初動捜査に当たった機捜《きそう》が初めに下した判断は自殺だった。

遺書は見つからなかったが、現場の状況に事件性は見られなかった。彼女は二カ月前から心療内科に通院しており、鬱病との診断書を勤め先である三丸《みつまる》百貨店に提出して休職していたという。

この時点で問題になったのは事件性の有無ではなく、彼女が休職する前、ゴールデンウィーク明けの五月七日に、取引先の人間の家族から嫌がらせを受けているという相談のため生活安全課を訪れていた事実だった。被害届を受理しなかったことが自殺の原因だと遺族から糾弾《きゆうだん》されたのだ。

事の始まりは、二〇〇七年の十一月。

当時、豊原実来は三丸百貨店の子ども服売り場で仕入れ担当の仕事をしており、卒園・入学シーズンに向けてキッズフォーマルウェアのコーナーを拡充するために、有限会社トレインに発注をかけていた。

商品は期日までに届いたものの、サイズ間違いがあった。納品担当者である有吉勝吾《ありよししようご》に連絡を取ったところ、すぐに手持ちで正しい商品を納品すると言う。

だが、指定された時間になっても有吉は現れなかった。

会社に問い合わせたが、納品のために出発したはずだと言うばかりで埒《らち》が明かない。どうしてもその日に届かないと困るほど切羽詰まった状況ではないとはいえ、連絡がつかなければ帰るわけにもいかない。

ちょっとルーズすぎるのではないかと同僚に対して愚痴をこぼしていると、定時を過ぎた頃になって、有吉が納品に向かう途中の路上で脳卒中を起こして倒れ、死亡していたことがわかった。

有吉は連絡もせずに救急搬送されてしまうのはまずいと慌てたらしく、救急車を呼んでくれた人に、三丸百貨店の豊原さんに連絡してくれ、申し訳ない、後で必ず納品すると伝えてくれ、と繰り返していたという。

だが、残念ながら彼はそのまま命を落とし、結局、実来に対する伝言が最期の言葉になってしまった。

実来は後味の悪さを覚えた。

仕事のことなんて気にしなくてよかったのに。たしかに納品が遅れて自分は困ることになったけれど、命を落とすような緊急事態だったのなら仕方ない。自分なんかへの言伝《ことづ》てはいいから、亡くなる前にご家族と話せたらよかったのに、と。

もちろん、有吉自身、これで自分が死ぬなどとはつゆも思わなかったからこそ、仕事のことを気にしたのだろう。直近の約束のことしか頭になかったのだ。

三丸百貨店としても、そういう事情だったのならと咎《とが》めることはせず、弔意を示した。商品は翌日には別の担当者によって納品され、事なきを得たという。

だが、話はこれで終わらなかった。

亡くなった有吉勝吾の妻、希美《のぞみ》が豊原実来に電話をかけてきて抗議を始めたのだ。

きっと夫は、倒れる前には具合が悪いのに気づいていたはずだ。あんたが急な仕事なんて寄越すから、夫は病院に行く時間が取れずに死んでしまったんだ、と。

実来はその場で上司に相談し、上司が代わりに電話口に出た。お悔やみの言葉を述べながらも、有吉が手持ちで納品することになったのはトレイン側が納品する商品のサイズを間違えたせいであったこと、有吉は具合が悪いのなら社の他の人間に頼めたはずだということ、脳卒中では前兆があるとは限らないことを丁寧に説明した。

上司は、婦人・子ども服売り場に配属される前、クレーマー対応の専門部署であるお客様相談室にいたこともあり、謝罪をする際の線引きを心得ていたらしい。

有吉希美は一旦引き下がり、以降は五日に一度ほどのペースで様々な偽名を使いながら電話をしてくるようになった。

実来が出ると、あんたは夫が死んだことを何とも思わないのか、とまくし立てる。実来は相手が有吉希美であるとわかった時点で、できるだけ電話を保留にして上司や同僚に代わってもらうようにしていたが、希美の長電話につき合い、謝ってしまったこともあった。

あんたさえいなければ、あたしは夫に最期の言葉を遺してもらえたはずだったのに、と言われたからだ。

それは実来自身も申し訳なさを感じていたことだったから、自分は関係ないと割り切ることができなかったのだという。

豊原実来は、善良な女性だったのだろう。

そして、時にそうした善良さは、困った人間の困った性質を増幅させてしまうことがある。

以来、有吉希美は毎日のように三丸百貨店を訪れては、実来が謝罪した一点に内容を絞り、あんたのせいだ、と泣きわめくようになった。

報告を受けた上司は、希美本人を説諭するだけでなく有限会社トレインに対しても、おたくの社員の家族がこれ以上こうした行為を続けるようなら、今後の取引は考えさせてもらう、と通告を出した。

この社としての対応も、特段誤りだったとは思えない。むしろ、一社員のためにきちんと対応する良心的な会社だと言えるだろう。

後から調べたところによれば、この段階でトレイン側も有吉希美に対し、注意を行っていた。お気持ちはわかりますが、取引先に責任はありません。こういうことをされるとあなたが業務妨害の罪に問われることにもなりかねませんよ、と。

有限会社トレインとしては、事は三丸百貨店との関係だけに留まらなかった。もし社員の家族による嫌がらせが原因で取引を切られでもしたら、他の百貨店でもブランド展開が難しくなるかもしれない。さらに悪評が広まれば、顧客の耳に入ってしまうことさえ考えられる。

ひとまずこの念押しが効いたのか、希美が三丸百貨店を訪れることはなくなった。

だが、代わりに希美は、実来個人をつけ回すようになった。会社のそばで待ち伏せし、尾行して住所を特定し、マンションの前で声をかける。あんたのせいだと責め続け、謝罪をしても受け入れない。見かねた実来の恋人が通勤の行き帰りに同行するようになると、あたしからあの人を奪ったくせに、と逆上した。

この辺りから、希美の主張は妙な方向へと傾き始める。

希美自身、夫が仕事中に急死したこと、取引先の社員に納品について連絡することで頭がいっぱいで、自分への最期の言葉を遺さなかったことは、自分の言動を正当化する理由としては認められないと理解したのだろう。

希美は、「夫と豊原実来は不倫関係にあった」と主張し始めた。

だから夫も、最期に自分へではなく実来に電話しようとした。そもそも実来が有限会社トレインに発注をかけたのも、夫に対して好意があったからだ。百貨店での展開を望んでいた夫は、取引をちらつかされて応じてしまった。実来は夫への個人的な感情で取引を始めたから、夫が亡くなった途端、取引を切ると言い始めたのだ、と。

実来からすれば、まったくもって寝耳に水の話だった。

そんな事実は一切ない。そもそもトレインに出店を呼びかけたのはバイヤーであって、実来ではなかった。取引を切るというのも、実来の独断でどうこうできる話ではない。

実来は有吉勝吾とは発注と納品に関する連絡を取ったことしかなく、携帯の番号さえ知らなかった。

第一、希美だって、不倫などという話はそれまで一切していなかったのだ。

周囲から相手にされないことに不満を抱いた希美が、何とかして味方を増やすために虚言を吐き始めた——実来を含め、当初からの経緯を知っている人間からすれば、それは疑いようもないことだった。

「異常な人間だとはわかっていたけれど、あそこまでヤバいやつだったとは思わなかった」というのは、実来の恋人だった岡本春平《おかもとしゅんぺい》が後に語った言葉だ。

だけどね、刑事さん、それよりヤバかったのは、そんな嘘を信じるやつがいたってことなんですよ——

希美はまず、岡本に「あんたも裏切られていたのよ」と言い聞かせようとし、彼が動じないと知ると、三丸百貨店の本社宛に匿名でクレームを入れ、実来の住むマンションのすべての郵便受けに豊原実来を告発する文書を投函した。

少し前から夫の様子がおかしかった。帰りが遅くなり、帰宅後も、仕事でトラブルがあったと言って家を出ることが増えた。夫を問い詰めて携帯を見せてもらうと、たしかに通話先は百貨店だったが、興信所を使って調べた結果、取引先の女である豊原実来が浮気相手だった。豊原実来は淫乱女である。夫をたぶらかした豊原実来を絶対に許さない——

実のところ、これをそのまま鵜呑みにした人はそれほどいなかった。

ノートの切れ端にひどく感情的な筆致で書き殴ったものをコピーしたらしく、一見して異常さを感じさせる怪文書だったからだ。

だが、それでも、豊原実来が面倒なトラブルに巻き込まれているということは伝わった。そして、詳細についてはともかく、不倫自体は本当の話なのだろうと考える人も少なくなかった。実来と両親は慌てて近所に真実と経緯を説明して回ったが、後手に回った分弱かった。なかったことを証明することは非常に困難だ。しかも、不倫相手だとされた有吉勝吾は既に亡くなっている。

何より、取引先の男性と不倫をした女というのは理解しやすくても、急死した夫が死の間際、仕事相手に連絡をしようとしただけでその相手をつけ回し、嘘まで言いふらして追い詰める人間は理解しづらい。

実来の置かれた状況は、あまりにも唐突で理不尽なものだった。自分の日常は平穏に続いていくのだと信じたい人間としては、豊原実来は人様の夫を寝取ったから、報いとして悪い噂を流されている、という筋書きの方が受け入れやすかったのだろう。

希美は常識では考えられない言動をしたからこそ、ありがちな嘘を信じさせることができたのだった。

実来が怪文書を手に恋人の岡本と署の生活安全課に相談に訪れたのは、この段階だった。

署員は時間をかけて被害状況を聞き、調書を取った。

対応した上田佳苗《うえだかなえ》という女性警察官は、すぐに警察のデータベースで有吉希美の情報を調べた。

そして、彼女が六年前、元夫へのストーカー行為で接近禁止命令を出され、それに違反して罰金刑を受けていたことを知った。

該当行為は裁判所の判決が出て以降収まったようだが、経歴から考えて、豊原実来の訴えに真実味があると感じたという。

けれど、当然のことながら、実来に対して有吉希美の前科を話すわけにはいかなかった。名誉毀損罪、業務妨害罪に該当するかを検討しなければならない以上、状況を正確に把握しなければならない。できるだけフラットに事実関係、出来事の日時を整理していったそうだ。

だが、警察に来るまでに疲弊しきっていた豊原実来は自分の訴えが疑われていると感じ、もういいです、と泣きながら話を打ち切ってしまった。

実来は心療内科に通い始め、鬱病との診断書をもらって休職した。

外に出るのが怖い、と引きこもるようになってしまった実来のところへ、岡本は足繁く通い続けた。

そんな時期がひと月ほど続いたある日、岡本は、いっそこのまま仕事を辞めて結婚するのはどうだろうと提案した。

ひどい災難に巻き込まれてしまったけれど、職場の同じ部署の人たちは実来が完全なる被害者であることを知っているし、転職するとなれば応援してくれるだろう。こんなことのために退職するのは不本意だろうが、いつまでもあの女にかかずらっていたのでは人生がもったいない。ちょうど自分には大阪本社への転勤の話が来ていたところだから、それを受けて二人であちらに新居を構え、新しい勤務先を探してはどうか。物理的に距離ができてしまえば、あの女もさすがにあきらめるだろう、と。

実来は提案を受け入れた。そこから少しずつ精神状態が上向いてきていたという。夫の転勤に合わせて転職するというのは珍しくない話だ。周囲に残された誤解も、ほとぼりが冷めれば時間をかけて解いていくことはできる。

何より自分には、信じて支えてくれる恋人や家族がいる。何もすべてを壊されてしまったわけではない――岡本に対してそんな言葉を口にし、岡本も、やっと前向きな彼女に戻ってくれたと安堵していたそうだ。

それから二週間後、二人で宮崎県にある岡本の実家を訪れた。新居はどんな間取りがいいかと話しながら帰宅し――けれど、その三日後、豊原実来は自宅マンションの八階の外階段から転落して死亡した。

自殺のわけがない、と岡本は主張した。

実来は新しい生活に対して希望を持っていた、こんなタイミングで自ら命を断つわけがない、と。

ただ、実来の両親の話では、岡本の実家から戻って以降、実来は様子がおかしかったという。疲れた、と言って部屋に閉じこもり、食事もろくに取っていなかったそうだ。

両親としては、不安を抱きつつも、本当に疲れているのだろうと考えていた。久しぶりの外出で飛行機にまで乗ったのだし、そうでなくとも婚約者の両親に会いに行くというのは緊張するものだ。帰宅した途端にどっと疲れが出たのだろう、と。

しかし、その後に転落死したとなれば、話は変わってくる。

いくら精神状態が回復傾向にあったとしても、揺り戻しというものはある、というのが、実来を診察していた心療内科医の見解だった。

新生活への期待が芽生えたからこそ、もし引っ越し先にも有吉希美が現れたら、という不安はかき消せないものになったのではないか。どうせまたどん底に突き落とされるくらいならば、幸せな可能性が残っているうちに人生を終わらせてしまいたい――鬱病の患者の中にはそうした考え方をする者も少なくないらしく、起き上がることもままならない急性期よりも、多少動けるようになった回復期の方が要注意なのだと心療内科医は語った。

実来の両親は、聞き取りを行った機捜隊員に対し、どうして被害届を受理してくれなかったのか、もっと真摯《しんし》に対応してくれていたら、娘はここまで追い詰められることもなかったのに、と訴えた。

捜査員個人としては、不憫《ふびん》に思う気持ちもあっただろう。けれど警察官として、ここで、謝罪することはできなかった。それは公的機関である警察の判断を否定することだからだ。非があったと一度認めてしまえば、取り消すことはできなくなる。生活安全課の対応について不適切な点はなかった旨を説明し、弔意を示す以外に、一捜査員にできることはなかった。

実来の両親も、本当に警察にすべての責任があるとは思っていなかったようだ。どうしてちゃんと娘の話を聞いてやらなかったのか、ずっとそばについていれば、夜中に家を出たのにも気づけたはずなのに、と自分たちを責め、捜査員たちも、これ以上警察にできることはないと判断して豊原家を辞去した。

だが、翌日、「マンションの外階段で人影を見た」という女性の声の通報が入ったことで状況が一変する。

目撃者は名乗らず、証言の信憑性《しんぴょう》も不明だったが、何やら二人の女性が揉めている様子だった、会話の内容は聞き取れなかったものの、片方は中年のように見えた、という情報を受け流すわけにはいかなかった。

飛び降り自殺だと断定したところから一転、殺人事件である可能性が浮上したのだ。

真っ先に挙がった被疑者は、当然のことながら有吉希美だった。

機捜から捜査を引き継ぐことになった所轄署の刑事課強行犯係は、有吉希美に任意同行を求め、改めてマンション住民への聞き込みを開始した。


正太郎が最初に聞き込みをしたのは、グランドシーサーあざみ野の一〇一号室に住む原口《はらぐち》家だった。

豊原家のある八〇一号室の真下に当たる部屋だ。

家族構成は、四十代の夫婦に、小学生の男の子が二人。

訪問時には全員が在宅していて、夫婦は困惑気味に「うちは豊原さんとは特に交流がなかったから」と顔を見合わせ、子どもたちは「警察！」「すげえ、マジもんじゃん！」とはしゃいだ。

正太郎が「上がらせていただいても」と尋ねると、夫人は「散らかってるので……」と渋い顔をしたが、他の住民が通りがかったのをちらりと見て、「ちょっと待っててください」とドアを閉めた。

五分近く待っただろうか。

室内はそれほど乱雑なようにも見えなかったが、廊下に面したドアがすべて閉じられていて、中から「何で俺の部屋に洗濯物入れんだよー」という子どもの声が聞こえてきた。

通されたダイニングのテーブルの端には、ふりかけの袋や小学校のものらしいプリントが寄せられており、椅子の背には戦隊モノのシールが所狭しと貼られている。

麦茶を入れたグラスを持って現れた夫人に礼を言い、正太郎は「豊原さんの話なんですが」と改めて切り出した。

「話って言ってもねえ」

正太郎の正面に座った夫は、困ったように眉尻《まゆじり》を下げる。

「豊原さんが亡くなった七月十日の深夜はみなさんご在宅でしたか」

「もうみんな寝てましたけど……それが何か」

夫が、心持ち不安そうな視線を向けてきた。

正太郎が「こちらが転落地点から一番近いお宅なので、何か音を聞いていたりしないかと」と説明すると、「ああ、そういうことですか」と頬から強張《こわば》りを解く。

「そりゃあ聞きましたよ。すごい音でしたから」

「その前後に何か足音とか人の声を聞いたりとかは」

「さあ、音がする前は寝ていましたし、その後もまたすぐ眠ってしまったから……」

夫婦は申し訳なさそうに身を縮めた。

「何だろうとは思ったんですけど、翌朝も早く起きなきゃいけなかったもので」

「私も、あの、寝間着でいたものですから、様子を見に行って知り合いに会ったら嫌だなって……」

「なるほど」

正太郎は相槌を打つ。

実際のところ、マンション住民の中で転落直後に外まで確認しに出たのは、通報者の舟島洋平を含めた数人だけだった。救急車やパトカーが駆けつけたところで少し人数は増えたようだったが、彼らからも特に不審な目撃証言は出ていない。

夫人は持ち上げかけたグラスをテーブルに戻すと、「あの」とか細い声を出した。

「あれって、ただの自殺じゃなかったんですか」

ほんの一瞬、どこまで話すか迷った。匿名の通報があったと伝えれば、何か別の情報を引き出せるかもしれない。だが、正太郎個人の感触としては、通報はいたずらの可能性が高いと感じていた。

転落現場に他者がいたと示唆《しさ》するものは、現時点では通報の内容しかない。本当に現場に他者が――それも、マンションの住民ではない有吉希美がいたのであれば、転落直後に外へ出てきた舟島たちにまったく目撃されていないというのもおかしい。捜査員の姿がなくなるまで隠れていられるような場所はマンションにはなかった。

ただし、現場の状況に気を取られていた住民たちが背後を通過した人間に気づかなかった、という線はありえなくもない。

結局、正太郎は「捜査ってのは、いろんなことを確認するものなんですよ」と曖昧にはぐらかす方を選んだ。

「他のお宅にもうかがっているんですよ」と言い添える。

夫の方が、幾分かリラックスした、そしてわずかに好奇を滲ませた様子で、「豊原さんの娘さんって、あれでしょう、あの、不倫をしていたっていう」と尋ねてきた。

「いえ」と答えたのは、当時正太郎と共に聞き込みをしていた同じ班の小野《おの》だった。

「現時点で、そうした事実は確認できていません」

捜査員としては話しすぎだと正太郎は思ったが、小野の気持ちもわからないではなかった。自殺にしろ、他殺にしろ、誤った情報が残されるのは被害者にとって不憫なことだ。

「そうなんですか。……いや、なんだかすごいことが書いてあるビラが入ってたから」

夫は、腑に落ちないような顔をしたものの、それ以上聞いてくることはなかった。有吉希美の写真を他の無関係の男女の写真の中に混ぜて見せたが、特に反応はない。

「そういえば、納涼縁日の案内を見たんですが、こちらのマンションではああいう住民イベントをよくやっているんですか?」

正太郎は、できるだけ世間話のようなトーンになるよう意識しながら切り出した。

エントランスの張り紙には、〈七月二十七日（日）、ピロティにて〉とあった。この手のイベントを通じて、他に豊原家と親しく交流している家族がいないかと思ったのだが、夫は「ああ、あれは初めての試みなんですよ」と答えた。

「どうも子どもの足音がうるさいって苦情が多いらしくて、今年新しく決まった理事長さんが、交流が少ないからいけないんだって張り切っちゃって」

うちは一階だから足音は気にしなくてもいいですけどねえ、と首筋に手を当てる。

「こちらはお庭もあるし、お子さんものびのび遊べますね」

と正太郎は話を合わせた。

「いや、でもねえ」

夫は、グラスの外側についた水滴を執拗《しつよう》に拭う。

「正直、今回のことは外階段の方だからまだよかったけど、ベランダから飛び降りてたらと思うとゾッとしますよ」

嫌なものを見るような視線を窓の方へ向けた。半分開かれたカーテンの間からは、ネットに長いつるを巻き付かせたゴーヤが見える。

「もし昼間の時間帯だったら、庭で遊んでる子どもたちが巻き込まれたかもしれなかったわけでしょう」

夫は妻の方を向き、「なあ」と同意を求めた。

「やっぱりマンションってのはこういうリスクもあるんだよな」

今回のような特殊な事例を集合住宅のリスクと捉えるのは、いささか乱暴な気もしたが、夫は「俺の言う通りにして正解だっただろ？」と続ける。

何の話だろうと聞いていると、夫は正太郎に顔を戻し、

「いえね、実はうちはもうじきここを売って戸建に引っ越すんですよ」

と言った。

「子どもたちの学区が変わらない場所にいい物件を見つけましてね、ちょうど先週契約を済ませたところなんです。今はローンの本審査中ですが、契約が終わり次第転居する予定なんですよ」

そこで唐突に席を立ち、廊下へ出てすぐに戻ってくる。

「おい、あれどこに置いた」

夫人を叱りつけるように言い、「物件のやつだよ」と語調を強めた。

夫人は、無言で顔を伏せて立ち上がり、リビングボードの上からパンフレットのようなものを取り、夫に渡す。

夫はひったくるように受け取ると、正太郎たちの方へと向き直り、「これなんですけどね」と声を弾ませながらパンフレットを開いた。

「いい家でしょう？」

正太郎と小野は、ひとまず視線を落とす。

目に飛び込んできたのは、〈ママの笑顔で家族も笑顔に！〉というポップな書体だった。

「キッチンから、リビングもダイニングも玄関も洗面室も和室も階段も見渡せるようになってる

んですよ。逆に言えば、どこからでもキッチンが見える形でもあるわけです。いつもキッチンが家の中心で、どの部屋へも数歩で行けるっていう」

夫の言葉の通り、たしかに少し変わった間取りの戸建だった。

玄関から入って扉を開けるとすぐに大きなリビングダイニングがあり、その真ん中にキッチンが配置されている。

「ママのための家として設計されたそうでね、実はこれを家内の誕生日にサプライズでプレゼントしたんですよ」

「サプライズ？」

正太郎が聞き返すと、夫は満足げにうなずいた。

「こっそり探して、こっそり準備してね。で、誕生日に連れて行って、じゃーん、とお披露目したわけです」

夫人はどこか居心地が悪そうにうつむき、

「あなた、そんな話刑事さんに……」

と、小さく夫の袖を引いて咎めたが、夫は構わずに「この家のいいところは、家族のコミュニケーションが取れることなんですよ」と続ける。

「いつでもママが家族の近くにいて、会話が弾むようになっている。子どもたちが大きくなってからも交流が絶えないようになっているんです」

「ほう」

正太郎は入り口に暖簾《のれん》がかかったキッチンに目をやった。

「中古なんですけどね、前の住人が海外に移住することになって早く現金化したかったそうで、相場からするとかなり安めに不動産屋に売却したそうなんです。で、うちはその不動産屋から直接買うってんで、仲介手数料とかがかなり浮いて――」

夫は上機嫌だったが、これ以上ここにいても意味のある話は聞けそうになかった。

話が途切れたタイミングを見計らって席を立つ。

不満そうな顔をした夫へ、「また何かうかがいたいことが出てきたらお願いします」とお決まりの言葉を口にして辞去すると、隣から小野がため息をつく音が聞こえた。

正太郎も首を回して鳴らす。

無駄足は慣れている。元々、関係のない話を延々と聞いて回って、ごくたまに価値がある情報に辿《たど》り着けたら御の字の仕事だ。

だから、収穫がなかったことに気落ちしているわけでも、時間の浪費に終わったことに苛立《いらだ》っているわけでもなかった。

ただ、嫌な感じの疲労感があった。

マンションで自殺や他殺などの事件が起こった際、自宅の資産価値が下がることを懸念する人は少なくない。聞き込みに行って、どうしてくれるんだ、と食ってかかられたこともある。あんたたちが出入りするせいで売却話がダメになったじゃないか。あんまり大げさに捜査なんてされると外聞が悪くなるんだよ――

だが、安堵されたのは初めてだった。

家を買うというのは、人生の一大事だ。

大抵の人は何十年もローンを組んで購入する。住んでみたら不便があった、隣人が面倒な人だった、とわかっても、取り返しがつかない。

これまでに刑事として、あるいは交番勤務の頃に関わってきた事件の中でも、いわゆるご近所トラブルに端を発しているものはいくつもあった。騒音、ペット、ゴミの回収問題——一つ一つは些細なことでも、生活の中で継続して起こるとなると黙っていられなくなる。

最も確実な解決方法は引っ越すことなのだが、購入した家ではなかなかそうもいかない。

だからこそ、購入するときは不安がつきまとう。本当にこの物件でよかったんだろうか、後悔することになりはしないか、と。

物件情報を購入希望者の次によく見るのは、既に家の購入を決めたばかりの人なのだという。ここよりは良い、ここよりは安い、とあえて少し見劣りする物件を探して気持ちを落ち着かせるのだそうだ。

エレベータに乗り込みながら小野に話すと、

「所帯を持つってのも大変ですね」

と同情と呆れが混じったような声が返ってきた。

次に正太郎たちが訪れたのは、六〇四号室の杉本《すぎもと》家だった。

家族構成は、五十代の夫婦と一人娘。土曜日の昼間だったが、夫は仕事中とのことで不在、在宅していたのは、妻と、里帰り出産で実家に戻ってきている娘、産まれたばかりの赤ん坊だった。

当たりをつけて行ったわけではなく、単に割り当てられた中の一つだったのだが、この家の陽《よう》子《こ》という娘が実来の小、中学校の同級生だった。

先月出産したばかりで、嫁ぎ先は茅《ち》ヶ崎《さき》の方だという陽子は、胸に赤ん坊を抱えたスウェット姿のまま、「こんな格好ですみません」と小さく頭を下げた。

「みっちゃんのことなんですよね？　わたし、信じられなくて……」

陽子は化粧気のない目を赤らめる。赤ん坊よりも自分を落ち着かせるために上体を前後に揺すっているように見えた。

「実来さんからお話は聞いていましたか？」

正太郎が尋ねると、いえ、と首を振る。

「里帰りしてきたのは先月の頭なんですけど、予定日よりもちょっと早く産まれちゃったから、あんまり外に出ていなかったんです」

「産んだ後、一カ月くらいは家で赤ちゃんと過ごすものなんですよ」と言い添えたのは、ソファに並んで座った陽子とよく似た顔の母親だ。

「それでは、ここ最近で実来さんと顔を合わせることは」

「なかったです」

陽子は悔いを滲ませるような声音で言ったが、実際のところ、彼女がよく出歩いていたとしても、おそらく実来と顔を合わせる機会はなかっただろう。

実来は休職して以来ほとんど外に出ていなかったようだし、この一週間で外に出たのは岡本の実家に行くときだけだったというのだから。

「みっちゃん、変な人につきまとわれてたんですよね？」

「その話は、どちらで」

「私が実来ちゃんのお母さんから聞いたんです」

母親が顔の横で手を上げた。

「ほら、変な紙がポストに入っていたことがあったでしょう？　それで、エントランスで会ったときに、大変みたいだけど大丈夫って声をかけたんです。そしたら、違うのよ、あれはって……話を聞いて、そんな無茶苦茶なことがあるんだって驚いて」

困惑から未だ覚めないような表情で、娘の方を見る。

「怖いわねって、二人で話してました。そんな天災みたいなの、避けようがないわよねって」

正太郎は、ええ、と相槌を打ちながら、手帳に〈母親から詳細〉と書き込んだ。

「ちなみに、この辺りで不審な人物を見かけたことは」

「わかりません」

母娘は目を伏せて答えた。

「たぶんなかったと思うんですけど、来客自体は珍しいことじゃないですから。マンションの住民じゃない人を見かけても、別におかしくは思わずに通り過ぎてしまった気もします」

それはそうだろう、と正太郎も思う。

しかも、有吉希美は少なくとも外見だけは無害そうな中年女性だ。

そして残念ながら、このマンションには防犯カメラが設置されておらず、オートロックも付いていなかった。

原口家でしたように、有吉希美の写真を含む数枚の写真を見せて「この中で見たことがある人はいませんか」と尋ねたが、母娘は揃って首を振る。

短い沈黙が流れた。

陽子はすやすやと眠る赤子を見下ろし、とん、とん、と柔らかい手つきで尻の辺りを叩いている。

何かもう少し取っかかりが見つかってから改めて話を聞きに来た方がいいかもしれない、と考えたとき、

「みっちゃんが自殺だなんて、本当に信じられない」

陽子が、ぽつりとつぶやいた。

自殺――目撃証言については知らないのだ。ペンを持ち直し、陽子をじっと見つめる。

「なんていうか……うーん、上手く言える気がしないんですけど」

「気になることがありました？」

穏やかに促したのは、小野だった。

正太郎よりも二十歳以上年下の小野は、正義感が強く、熱くなりがちなところもあるが、声がいい。低く、相手を落ち着かせるような静かな温かみのある声なのだ。

「気になることっていうか」

陽子はそれでも口ごもり、さらに「変なふうに受け取られたら嫌なんですけど」と前置きをしてから続けた。

「なんていうか、わたし、みっちゃんは誰かを自殺させちゃうことはあっても、自分が自殺しちゃうことはない感じがしていたんです」

「自殺させちゃう？」

小野が問い返すと、えーと、やっぱり変なことを言っちゃってる気がする、と身を縮める。

「変なことじゃないですよ。よかったら話してください」

小野はゆったりとした声音で先を促した。

陽子は数秒考え込んだ後、意を決したように顔を上げる。

「みっちゃん、中学のときにも、ちょっとあぶない子に振り回されていたことがあったんです」

「あぶない子」

小野は、子どもの話を聞くように復唱した。陽子は、はい、とうなずく。

「あぶない子っていう言い方はひどいかもしれないけど、なんか、危なっかしい子というか。よくリストカットとかをしていて、誰と絶交した、とか、親友だから、とか、そういうちょっと子どもっぽい言葉を使う子で」

「誰かに依存しがちな？」

「そう、依存体質の子に依存されていたんです」

ちょうどいい言葉を見つけたというように、微かに身を乗り出した。

「で、みっちゃんはそういう子の相談に乗ってあげるんですよ。親身になって話を聞いてあげる。それでその子はどんどんみっちゃんに依存していって、みっちゃんを振り回すんです」

陽子は、赤ん坊を抱く腕に力を込める。

「死にたいって電話がかかってきて、慌てて家に駆けつけたこともあるって言ってました。すごく怖かった、どうしたらいいかわからないって、みっちゃんまで不安定な感じになっちゃって」

「共依存になりがちなところがあった？」

小野が言葉を挟んだ。その表現で伝わるだろうかと正太郎は思ったが、陽子は理解したようで「いえ」と否定する。

「共依存って、あれですよね？　誰かに頼られる人間でいたいとか、弱っている子を助けてあげる自分に酔ってるとか、依存されている側も相手を必要としているっていう」

陽子の表現は一面的ではあったが、訂正せずにいると「そういうんじゃないんです」と続けた。

「これ以上は自分の手に負えないってところまで来ると、ちゃんと線を引いて、他の人に助けを求めるんです。限界を超えてまでつき合ってあげることはなくて、だから共依存とか、そういう感じじゃなかったんですけど」

自分でも納得がいかないように首を傾げる。

「なぜかみっちゃんって、そういう人を吸い寄せちゃうんですよね」

「中学のときのその子だけじゃなかった？」

「考えてみたら、小六のときにも別の似たような子のことで困ってたなって」

正太郎は、小六、とだけメモを取った。

「人の頼みが断れないタイプとか、そういうんでもないんですよ。たとえば、クラスメイトに宿題を見せてとか頼まれたら、普通に断ってました。やだよー自分でやんなさいって、嫌味にならない感じで言って、ケチって言われても、ケチで結構、なんて答えて。だからわたしも、なんでなのかはわからないんですけど……やっぱり優しいからなのかなあ」

視線を宙にさまよわせ、数秒してから、ああ、そうだ、と姿勢を戻す。

「そういえば、前にみっちゃん、怒るみたいな感情が少ないんだって言ってたことがあったんです。悲しいとか、落ち込むとかはあるけど、あんまり人を嫌いになることがないんだって。もしかしたら、そういう絶対に拒まれない空気みたいなのを、依存したいタイプの人は感じ取るのかもしれない」

絶対に拒まれない空気を感じ取る——

「みっちゃんが悪いわけじゃ全然ないんだけど、でも、ちょっと心配だなって思うことはありました。なんか、そういう人を引き寄せちゃう感じっていうか……しかも、引き寄せられた側は、最初は救われるんだけど、結局彼女が手を引いたことで余計にひどい状態になってしまうんです。最後まで面倒がみきれないいんなら、最初から優しくなんてしてあげない方がいいいんじゃないかって……わたしが冷たいだけかもしれないですけど」

今回の人だって、どう考えても無視していいような言いがかりをつけてきてたのに、みっちゃんはいったんは相手してあげちゃったわけでしょう、と陽子は表情を曇らせた。

赤ん坊の額をそっと撫で、息を吐く。

この子、優華《ゆうか》って名前なんです、とつぶやくように言った。

「優しい子に育って欲しいと思ってつけました。だけど……優しいって、何なんでしょうね」


もう一つ、この事件に関する捜査で印象に残っているのは、有吉希美の元夫の言葉だ。

都内のスポーツ用品店に勤める半田大祐《はんだだいすけ》は、正太郎たちが店を訪ねて行ったとき、客にバドミントンのラケットを紹介していた。

それぞれどんな特徴があって、どういうプレイスタイルにおすすめで、客の体型に合うサイズはどれか。売り込むというより本当に紹介している感じで、各メーカーのラインナップを丁寧に解説し、客の素振《すぶ》りを見ながらグリップの太さを調整して、その客にとって一番良い形を探っていく。

客が購入を決めると、さらに店の外に出て実際に打ちながらガットの硬さを調節し、ラケットを胸に抱いて満足気に帰る客を穏やかな笑みで見送った。

半田が一人になったところを見計らって、「随分お詳しいんですね。バドミントンをやっていたんですか」と声をかけると、半田は少し驚いた顔をしたものの、「いやあ、まだまだですよ」と短く刈り上げた黒髪を照れくさそうに掻いた。

「専門はテニスなんです。うちで扱っている商品についてはできるだけきちんと説明できるように勉強しているんですけど、専門でないものはなかなか」

謙遜《けんそん》するふうでもなく言い、「今日は何かお探しですか？」と健康的に焼けた顔を正太郎と小野に交互に向ける。

正太郎は、店内に客がいないことを横目で確認してから、実は、と用件を切り出した。

すると、それまでの朗らかな表情が、はたき落とされたように一瞬で消える。

「私は何も知りません」

半田は温度を感じさせない声で言い、唇を引き結んだ。

「有吉希美さんとは、」

「あれとはもう何の関係もないんです」

遮《さえぎ》るように重ねられた声は、口調に変化がなかったからこそ、悲痛に響いた。

資料によれば、半田と希美の出会いは半田が三十一歳、希美が二十五歳のとき、半田がインストラクターとして勤めていたテニススクールに希美が通い始めたのがきっかけだった。

最初は健気《けなげ》な子だと思っていた、というのは、半田が希美のストーカー行為について生活安全課に相談に来たときの発言だ。

たとえばね、私がテニス観戦が好きなんだって話をすると、彼女もテレビで観られる中継を全部観るんですよ。私の話についていけるように、選手の名前とかプレイの特徴とかをノートにまとめて勉強する。好きな芸能人を訊かれて答えると、次に会ったときはその人と同じ髪型で現れる。ちょっと自分というものがなさすぎるんじゃないかと心配になったりもしましたけど、でも、彼女の生い立ちを考えるといじらしい気もしたんです——

希美の生い立ちとは、両親から虐待を受けていた、というものだった。

現在の両親は再婚で、継父も母親も再婚後に産まれた弟ばかりかわいがって、あたしはしょっちゅうご飯を抜かれて押し入れに閉じ込められていた——聞けば聞くほど希美の話は具体的になっていったらしい。

母と実父が離婚したときに着ていた服、最初に継父に会ったときにもらったプレゼントがシルバニアファミリーのセットだったこと、弟が産まれた日に学校で食べた給食のメニュー——

だが、半田は結婚後、希美の両親にはそもそも離婚の事実はなく、弟も存在しないことを知った。

虐待に関する本や心理カウンセリングの本を読んで向き合おうとしていた半田は、呆然としたという。

それでも、押し入れに閉じ込められたりご飯を抜かれたりしていたのは本当だ、あなたに信じてもらえないと思って、つい大げさに話してしまった、と全身を丸めて泣かれると、希美が不憫に思え、嘘を咎める気にはなれなかった。

希美は、日によって精神状態が極端に変わった。

あなたみたいな人と初めて会った、あたしの今までの不幸はあなたに出会える幸運の代わりだったのかもしれない、と、半田に腕を絡ませて陶然と言う日もあれば、目を大きく見開き、こんなに冷たい人だと思わなかった、あんたはただ優しいふりがしたいだけの偽善者だ、と唾を飛ばして怒鳴り散らす日もあった。

怒鳴った後には必ず、ごめんなさい、自分でもどうしてこんなことを言ってしまうのかわからない、あたしなんかいない方がいい、と落ち込み、目の前で自殺をしてみせようとさえする。半田は、希美がベランダから身を乗り出したり駅のホームから飛び降りようとしたりするたびに、やめてくれ、もういいから、俺が悪かったから、と必死に止めた。

しかし、結婚五年目に入ろうという頃、半田は限界を迎えた。

ある日ふと、思ったという。なんで自分はこんなに必死に止めているのか。そんなに死にたいなら死なせてやればいいじゃないか――

どうせ許してくれないんでしょう、と首筋に包丁を当てて泣きわめく希美を止める気力もなく無言で眺めていると、希美は家を飛び出した。

そして、「夫からDVを受けている」という相談を方々にして回るようになったのだ。

半田の両親、友人、会社、近所の人――周囲の人々から向けられる視線が変わっていくのを感じながら、半田は、人の信用を失うのはこんなにも簡単なのかと痛感したという。

いくら否定をしても、信じてもらえない。奥さんに暴力を振るっていただけでも最悪なのに、この上ごまかそうというのか、と責められる。

何とかして希美を捕まえ、でたらめを言うのはやめてくれ、と説得しようとすると、その言動でさえもＤＶの傍証のように扱われた。

「過去には、希美さんとの間にトラブルがあったと聞いていますが」

正太郎は、過去、というところを強調し、ＤＶという言葉は出さずに尋ねた。

だが、半田の頰が痙攣《けいれん》するように引《ひ》き攣《つ》る。

「……私は、ＤＶなんてしていません」

「ええ、そう聞いています」

正太郎は慎重にうなずいた。

本当のところ、真実がどうだったのかはわからない。

半田と希美の主張は大きく食い違っており、事が家庭内のことだけに、他に証言者がいないからだ。

ただ、正太郎の個人的な感覚としては、ＤＶの被害者がその加害者相手にストーカー行為をしていた、ということに違和感があった。

暴力を恐れていながら、その相手をつけ回すという心理が理解できないのだ。わからないからありえないと断言する気はないが、やはり筋が通っていないような気がする。

半田は、「あれは、目の前の人間を味方につけるためなら、平気でどんな嘘だってつくんですよ」と言って自らの手のひらを見下ろした。

「だけど、嘘をつくなと言われたのは私の方でした」

様々な感情を飲み込もうとするように、指先を丸めていって拳を握る。

「被害を訴えている人間がいるんだから被害はあったんだろう。DVの加害者には自分の行為がDVだなんて自覚がないものなんだ。あんたみたいに冤罪《えんざい》だと言い張る人間がいるから、被害者は余計つらい立場に置かれるんだ――そう、DV被害者の支援団体の人たちにも」

でも、本当にやってないんですよ、と半田は顔を上げて正太郎を見た。

「少なくとも、彼女が訴えていた内容は、どれも身に覚えがないことばかりでした。手を上げたことは一度もないし、日常的に怒鳴られていたっていうのも……たしかに彼女が自殺しようとしたときには大声を出しましたが、それ以外は、むしろ怒鳴られていたのは私の方だったんです」

実際のところ、本当は暴力を振るっていても、同じように主張する人間は存在する。だからこそ、密室空間で行われた加害の有無を証明するのは難しい。

「彼女がわざわざそんな嘘をつく理由がない、というのが、支援団体の人たちの言い分でした。離婚がしたいわけでも、慰謝料がほしいわけでもない。ただ、昔の優しかったあの人に戻ってほしいと泣きながら話している……そんな彼女に嘘をつくどんなメリットがあるんだと」

理由なんてはっきりしているのに、と半田は声を震わせた。

「では、希美さんは何を目的にそんなことを？」

「簡単な話ですよ。そう言えば構ってくれる人がいるからです」

「親から虐待を受けていたと半田さんに話したのと同じように？」

正太郎が合いの手を入れると、そうです、と身を乗り出す。

「それが、あいつのやり口なんですよ。俺が使えなくなったから、他の人間を探し始めただけで」

いつの間にか、半田の一人称は私から俺へと変わっていた。

「でも、その後も希美さんは半田さんに執着し続けたんですよね」

「なかなか次の相手が見つからなかったんでしょう。二十代で独身だった頃のようにはいかないとわかって、それで、やっぱり俺を元に戻すしかないと考えた。俺が慌てて止めようとするようなことをしでかせば、また構ってもらえるようになると思ったんでしょう」

しかし結局、半田は希美とは関係を断つ道を選んだ。

当時勤務していたテニススクールを退職し、家を出て離婚訴訟を始めたのだ。

訴訟の間にも希美が半田へのつきまといを止めなかったことから、ストーカー被害の届けを出し、希美には裁判所から接近禁止命令が出された。離婚訴訟は長引いたものの、希美が接近禁止命令違反で罰金刑を受けたことを契機にようやく離婚が成立したという。

ただし、実際には希美が離婚に同意したのは、有吉勝吾との交際が始まったからだった。有吉に対し、元夫についてどのような説明をしていたのか、二人の関係がどのようなものだったのかは定かではないが、少なくとも有吉の存命中は希美が何かトラブルを起こしたという話は出てきていない。

「早く、あれを逮捕してください」

半田は、鍛えられていることがポロシャツの上からもわかる肩を細かく震わせて言った。

「あいつがやったんでしょう。目撃証言もあるなら間違いないじゃないですか」

お願いします、と背中を丸めるようにして頭を下げる。

「今年の春、再婚したばかりなんです。今、妻は身重で……」

正太郎は、〈妻、妊娠中〉と手帳に書きつけた。

ふいに、ある可能性が頭に浮かぶ。

半田は、有吉希美が逮捕されることを望んでいる。

有吉勝吾と交際を始めるまで自分にストーカー行為を続けていた希美の矛先が、有吉が死んだことで再び自分に——新しい妻に向くのではないかと怯《おび》えている。

今回はたまたま目撃証言があったから、殺人事件である可能性が浮上し、有吉希美に容疑の目が向いた。

そして、通報者は女性だった。

——もし、目撃証言が、半田の新しい妻によるものだとしたら。

たとえば、希美は夫が亡くなった段階で、半田に連絡を取ったとする。

希美の話を聞いた半田は、希美と豊原実来の間に何があったか、おおよその事態を把握する。

さらに、実来が事故か自殺かすぐには判断できない状況で死んだことを知って、これは使えると考えたとしたら。

正太郎は思考を巡らせながら、「もちろん、彼女が関与した証拠が出てくれれば身柄を拘束することになります」と答えた。

「ただ、現時点ではまだ何も手がかりはありません」

ああ、と半田は呻《うめ》くような声を出す。

小野が、「ご心配な気持ちはわかりますが」と宥める口調で言った瞬間だった。

「本当に？」

半田は、アスファルトに引かれた線をにらみつけながらつぶやくように言った。

顔を上げ、「本当にわかりますか？」と焦点の合わない目を小野へ向ける。

「刑事さんは、あれがどんな人間か知らんでしょう。あれにロックオンされるということがどういうことか」

「ロックオン」

耳慣れない言葉を正太郎が繰り返すと、先に口にしたのは半田の方だというのに、肩をぴくりと揺らした。

口を開きかけたが、結局何も言わずに閉じる。

この場で質問を重ねるべきか思案していると、半田の顔が見えない力で捻《ね》じられるように歪んだ。

「……ずっと、どうしてもっと早く逃げなかったんだろうと思ってきたんです。結婚なんてするんじゃなかった、せめて子どもの頃の話が嘘だとわかった時点で離れればよかった、と。でも」

今は、どうして止めてしまったんだろうと思っています、と半田は声を一段低くして言い、再び、自らの手のひらを見下ろした。

「あいつが死のうとしたときに俺が止めたりしなければ、今回被害に遭われた方だって死なくて済んだんですよ」

——保身のためだけでもなかったのかもしれない。

正太郎は、ペンを持つ手に力を込めた。

目撃証言が出て、捜査をすることになったから、有吉希美の主張の信憑性が問題視されるようになった。

曖昧なまま放置されていた豊原実来の不倫疑惑が、捜査の俎上《そじょう》に上がり、希美の狂言であることがほぼ確認された。

それが、有吉希美を生かしてしまった半田の、罪滅ぼしのようなものだったとすれば。

正太郎は思考を払い、一度聞き込みを切り上げることにした。

半田に確認しなければならないことはいくつもあるが、下手に憶測をぶつけるよりも、まずは裏取りを先にした方がいい。

礼を言って辞去し、店の駐車場に停めてあった車に乗り込むと、小野は、「一度も有吉のことを名前で呼びませんでしたね」とつぶやいた。

＊

「そこ、気に入りましたか」

正面から聞こえた声に我に返ると、山中は老眼鏡をかけ直して物件情報紙を覗き込んでいた。

「よかったら、内見《ないけん》してみますか。退去済みの物件だからすぐにでも見せてもらえるはずですよ」

「あ、いや」

正太郎は紙の上に手をかざす。

「そうじゃなくて……たしか、前に事件があったマンションだなと」

捜査機密に触れないようにそれだけ言うと、山中は「よく知ってますね」と目を丸くした。

「かなり前の話ですけど……それに、殺人事件かなんて騒ぎになったのは一週間かそこらの話で、結局自殺だってことで片がついた」

片をつけたのは正太郎たちだ。


結局、有吉希美からは自供が取れず、証拠も上がらずに目撃証言の信憑性を疑う声が強くなってきた頃、豊原実来の遺書が発見されたのだった。

発見したのは正太郎たちが聞き込みを行った一〇一号室の原口夫人で、庭に落ちているのを見つけて慌てて警察に届けに来たという。

角部屋である原口家は、転落地点から最も近い。風に飛ばされて原口家の庭に落ちた可能性は十分にあり、原口家に聞き込みに行きながら庭の確認を怠《おこた》った正太郎たちは、上司の課長から大目玉を食《く》らった。

遺書の内容は家族や岡本への感謝と謝罪が主で、自殺の動機については短く触れられているだけだったが、どうやら岡本の両親から結婚を反対されたことを悲観したものと見られている。息子から結婚相手として実来を紹介された両親は、有吉希美の流している不倫の噂がまったくのデタラメであることを繰り返し説明されていたし、その点について実来を疑っていたわけではなかった。

ただ、彼らは別のことに引っかかった。

実来が心療内科に通院していることを案じたのだ。あなたが悪いわけじゃないのはわかってるのよ。だけど、結婚ってことはいずれ子どもを産むわけでしょう？

年齢や生活地域によっては、そうした偏見や差別が依然として存在することは珍しくない。だが、岡本が席を外した隙に、実来にだけ話したということは、少なくとも息子に聞かれたら怒られるような考えである自覚はあったのだろう。

息子の前では結婚に反対する素振《そぶ》りを見せなかったことからして、それほど強い考えでもなかったものと思われる。実来が岡本に相談していれば、岡本は両親に強く抗議して撤回させていただろう。

だが、実来にはもう、そんな気力は残されていなかった。

一方、疑いが晴れて解放された有吉希美は「ほら、自殺だったじゃないの」と勝ち誇るように言ったという。

あたしは何もしていないって何度も言ったのに。あんたたち、訴えてやるから。

取り調べに当たった刑事は、自殺だったとしても、責任は感じないのか、と問わずにはいられなかった。

物理的に突き落としたんじゃなくても、精神的に追い詰めたのはおまえだろう、と。

だが、希美は「自殺ならいいじゃないの」と鼻を鳴らした。

「自分の意思で死ぬときを選べたんだから。……勝吾と違って」

「やっぱり、不倫は嘘だったのか」

刑事の問いに、希美は悪びれもせず「だって不倫みたいなもんじゃない」と開き直った。

「あたしとあの人の時間を奪ったことには変わりないんだから」

「このマンションはうちでも何軒か仲介をしてるんですけどね、当時は結構問い合わせが来て大変でしたよ。住民の方からとか、売却を考えていた方とか、銀行の融資審査の方とか」

山中は、記憶を探るように宙を見上げた。

「まあ、でも、結局は自殺だったってことで落ち着きましたけど」

「自殺と殺人事件だとそんなに違うんですか」

「違いますねえ」

胸の前で腕を組んで、渋い顔をする。

「事故物件の告知ってのは、基本的に専有部――その部屋の中で死亡した場合じゃないと義務がないんですよ。外階段のような共用部で起こった飛び降りや事件は、別に買い主さんに伝えなくてもいいわけです。でも、殺人事件となるとニュースになっちまうでしょう。そうしたら告知もへったくれもないですからね。犯人が捕まっていない事件の場合なんかだと、下手をすると売却価格が半分以下になることだってある」

この物件はそういうことになる前にやっぱり自殺だったってことになったから大丈夫でしたけどねえ、と続けられた言葉に、口の中が苦くなる。

「どうしますかね、これ以外にも内見できる物件はいくつかありますけども」

山中は、物件情報紙をめくりながら言った。

「物件探しってのは縁ですからね。たまたま探しているときにいい物件が出てくるかってのは運ですし、すぐに決めなくても思い立ったときにいろいろ見てみるといいですよ」

現物を見ていくうちに、どんどん自分の中の基準がはっきりしてきますから、と目を細めたところで、顔を上げて老眼鏡を外した。

「そう言えば、今日は奥さんは」

正太郎は、いや、急に思い立ったもんで、と頭を掻く。

「それに、うちのはあんまりこだわりがないタイプだと思いますよ。今までいろんな家に住んできましたけど、どこでも上手くやってましたし」

実際のところ、官舎住まいを嫌がる警察官の伴侶は珍しくなかった。

職場での階級や人間関係が反映されることに疲れるという声もよく聞くし、子どもがある程度大きくなったところで家を買い、夫は単身赴任をする家庭も少なくない。

だが、妻は、私は家族一緒がいい、官舎なら家賃が浮いて貯金ができるでしょう、と言って不平を唱えたことは一度もなかった。

近所付き合いも上手く、そつなくこなす方だったたと思う。押し出しは強くないが、流されやすいわけでもない。ほどほどの距離感をつかみながら、情報交換だけは抜かりなくやる。

「だけどねえ、台所の使い勝手だとか、家事の動線だとか、やっぱり奥さんじゃないとわからないこともあるでしょう。……今はこういう言い方をすると、台所に立つのは女の仕事だと決まったわけじゃないって怒られるんだけど」

山中はまた物件情報紙に目を落とす。

「いえね、ご家族で意見が合わなくてトラブルになることも結構あるんですよ。契約した後になって、やっぱり止めたいって相談されるケースとかね。まあ、大きい買い物ですから、気持ちはわかるんですよ。少しでも引っかかることがあると、今ならまだナシにできるんじゃないか、今を逃したらもう取り返しがつかないんじゃないかって、思っちまうんでしょう。ですがねえ、手付金を払った時点で既に取り返しはつかないんです。こればっかりはアタシにもどうもしてあげられません」

眉尻を下げ、ため息をついた。

「バブルの頃なんかじゃ、手付流しってんで、後で手付金を放棄することになってでも、とにかく良さそうな物件には片っ端から唾つけて回るなんて人もいましたけどね。普通の人にとっては手付金は大金です。通常は物件価格の一割だから三千万の物件でも三百万――とてもおいそれとあきらめられる金額じゃない」

「だけど、手付金を払って契約までしておいて、泣きついたら何とかなると思う方がおかしい気もするんですが」

　正太郎は首をひねる。

　気に入らない物件を買うことになるのも大金を捨てることになるのも嫌だ、というのはそれはそうだろうと思うが、やっぱり止めた、なんてことをいちいち受け入れて白紙に戻してやったりしていたら、売り主も仲介業者も商売上がったりだ。売り主は販売機会を逸することになるし、仲介業者は完全なるタダ働きになる。

「それがねえ、なまじっかローン特約なんてものがあるから、どうにかなるんじゃないかって期待しちまうらしいんですよ」

「ローン特約？」

「ローンの本審査が通らなかった場合だけ、買い主は契約を白紙に戻すことができるっていう特約です」

　これが厄介なんですよ、と山中は顔をしかめた。

「元々はね、買い主を保護するために盛り込まれたものなんですよ。契約して、いざ代金を支払うってときにローンの承認が下りなかったら、とてもじゃないけど払えんでしょう。そういう事態を防ぐために、契約前にローンの仮審査ってのをやるんですけど、これはあくまでも仮で、銀行の支店レベルでやるものなんで、稀《まれ》に仮審査では通っても、本店で行う本審査では不承認ってこともあるわけです。で、これぱっかりは買い主の責任ではないんだから、仕方ないってことにしてあげましょうよって話で」

「なるほど」

「でね、お客さんの中には、これを使えば何とか損をすることなく購入を止められるんじゃないかって考える人がいるんですよ。——あ、先に言っておきますけど、そもそもこれは無理な話なんで、覚えて帰らないでくださいね」

少し慌てたように言われて、正太郎は苦笑する。

「うちはそもそもローンを組むつもりがないんで」

「ああ、失礼。そうでした」

「これは完全に興味本位なんですが、どうして無理なんです?」

正太郎は、テーブルに肘《ひじ》をついて尋ねた。

「たとえば、仮審査から本審査までの間に別のローンを組んだりカードの支払いを滞らせたりすれば、信用情報にキズがついて本審査が不承認って形にできそうな気がするんですが」

「そういう故意に不承認にしたケースでは特約が認められないんです」

山中はきっぱりと答える。

「あくまでもローン特約ってのは、買い主に責任がない場合にのみ認められるものなんですよ。わざと使おうと思っても使えるもんじゃありません」

なんか妙な話までしちまいましたね、お客さん、聞き上手ですなあ、と山中は笑った。

「ま、そんなわけで、家はちゃんと住む人全員の了解を取ってから決めた方がいいって話です。いやね、うちの母ちゃんなんかは、結構細かいことにうるさいんですよ。やれキッチンの形がどうの、やれ収納がどうのってダメ出しされて、あんたには任しちゃおけないって。一応アタシだってこの道四十年のプロなんですけどねえ、だけど母ちゃんにはかなわんです」

おどけた仕草で肩をすくめてみせる山中に、正太郎もつい笑ってしまう。

テーブルに広げられた物件情報紙を眺めた。

たしかに、妻への労いを込めて、などと言いながら、考えているのは自分の希望ばかりだった。

妻のための家——そこで、ふいに、「ママのための家」というフレーズを思い出す。

グランドシーサーあざみ野で聞き込みをしたとき、一階の原口家の夫に見せられたパンフレットだ。

「そう言えば、前にちょっと変わった間取りの家を見せてもらったことがあるんだが」

正太郎は、再び記憶を掘り起こしながら言った。

「変わった間取り？」

「なんでも、母親のための家として設計された家らしくて、玄関から入ってすぐに広いリビングダイニングがあって、その真ん中にキッチンがあるっていう」

どう説明したものか、と思案したが、山中は「アイランドキッチンですね」とうなずく。

「アイランド？」

「島ですよ。ほら、島みたいにどの壁ともくっつかずにぽつんと置かれているキッチンでしょう」

「ああ」

言い得て妙だ。

「ああいうのがお好みですかな？」

「いや……恥ずかしながら、今になって妻のための家ってのはどんなのかと考えてみたら思い出したものだから」

はいはい、と山中は立ち上がり、早速キャビネットを開けてファイルをめくっていく。

「あった。――こういうのですかね？」

差し出された物件情報紙には、まさに原口に見せられたのと似たような間取りがあった。

「そう、これですこれです」

正太郎は顔を近づけ、価格や築年数、駅徒歩分数などの詳細に目を走らせる。

だが、山中は「うーん」と小さく唸った。

「このタイプのキッチン、人気なことには人気なんだけど、奥さんによっては逆にものすごく不評なんですよ」

「不評？」

正太郎は目をしばたたかせる。山中は、

「これね、モデルルームとか、入居前の印象だと洒落《しゃれ》ているし、いい感じなんですよ。だけど実際に使い始めると、どうも散らかっているのが隠しづらいって話でね。ほら、壁がないし、どの部屋からもキッチンが見える形でしょう。キッチンってのはすぐに汚れるもんですからね。急な来客があったときとかに、どーんと真ん中にあるキッチンが片づいてないと、どうしても散らかった感じに見えてしまうっていうね」

と胸の前で腕を組んだ。

正太郎の脳裏に、家に上がられるのを渋っていた原口夫人の姿が蘇る。

中に通されると、室内はそれほど乱雑なようにも見えなかったが、廊下に面したドアがすべて閉じられていて――

あのとき、原口は、「サプライズ」で妻に家をプレゼントしたのだと言っていた。契約を済ませ、後はローンの本審査が通るのを待つばかりだと――だが、果たして原口夫人は、あの新しい家を本当に気に入っていたのだろうか。

つい先ほど、山中から聞いたばかりの話が浮かび上がった。

――もし彼女が、こんな家は嫌だ、と思っていたとしたら。

だが、手付金を放棄しない限り購入をやめることはできない――そのとき彼女は、ローン特約さえ使えれば、と考えはしなかっただろうか？

山中の話によれば、ローン特約はローンの本審査の不承認が買い主の責任によるものである場合には認められない。

彼女はあきらめるしかないと思っただろう。今さらここで不満を述べたところで、どうなるわけでもない、と――だが、そんなとき、豊原実来が彼らが住むマンションで飛び降り自殺を図った。

山中は言っていた。

共用部で起きた自殺では、告知義務はなく、資産価値にそれほど影響はない。

しかし、それが殺人事件となれば、売却価格に大きく影響する可能性がある、と。

家の買い替えを前提にローンを組むならば、銀行は売却予定のマンションの相場価格を基準に計算して、どれだけ融資できるかのローン審査を行うはずだ。

――殺人事件だと思われて売却予想価格が落ちれば、ローン審査が下りなくなる。

あの件は、豊原実来の遺書が発見されたことで自殺と断定され、捜査は打ち切られた。

殺人事件かもしれない、と考えられるようになった契機の「目撃証言」は、ただのいたずらか――あるいは、有吉希美の矛先《ほこさき》が再び自分に向くことを恐れた半田大祐の新しい妻ないし近親者による虚偽通報ではないかと考えられた。

だが、と正太郎は乾いた唇をなめる。

考えてみれば、原口夫人が庭に落ちていた遺書を発見するのにあれほど時間がかかったのも不自然だった。

あの庭には、ゴーヤが植えられていた。

家庭菜園をしていれば、普通は定期的に状態を確認する。一週間も庭に出なかったとは考えにくい。

ぞくり、と悪《お》寒《かん》のようなものが足元から込み上げてくる。

遺書を見つけていながら、すぐには出さなかった。——ローンの本審査が不首尾に終わるのを待っていたから。

「どうします？　せっかくだし、今日いくつか内見してみますか？」

山中は、人好きのする笑顔を向けてくる。

正太郎は、いいえ、と伏せた顔を上げることができなかった。

通報が、彼女によるものだったのかはわからない。

だが、もしこの仮説が正しかったとすれば、彼女は殺人事件の可能性を浮上させた上で、いつでも任意のタイミングで騒ぎを収束させられたということになる。

無事に契約を白紙に戻した後、本格的に捜査本部が立ち上がってニュースになってしまう前に。

「ここのアイランドキッチンも、退去済みだからすぐに内見できますけど」

山中が、テーブルの上の物件情報紙を指さす。

正太郎は、ぽつりと家の中心に据えられた島を見下ろしたまま、また妻と来ます、と小さく答えた。

祭り

ウッドテラスに備え付けられたベンチに腰かけ、煙草に火をつけてから六畳ほどの庭を眺める。前のマンションのベランダをほとんど専有していたプランターをすべて並べ終えてもなお、新居の庭は半分以上余っていた。

地植えに切り替える際には、それぞれもっと間隔を空けてやるつもりだが、それでもまだ二種か三種は増やせるだろう。

何を植えようか、と考えると胸が躍《おど》る。プランターでは栽培が難しかったもの――背が高くなるとうもろこしや、根を大きく張る長ネギなんかに挑戦してみてもいいかもしれない。

家を買おうと思いついて不動産屋を訪れてからも、なんとなく妻には話しそびれたままだったことを思い出し、二人で家を探し始めたのが半年前。

結局、当初の予定とは違って賃貸マンションの更新時期は過ぎてしまったものの、いい物件が見つかったため契約に踏み切ったのがひと月前だった。

家探しにおける正太郎の希望は野菜の地植えができる庭があること、妻の希望はパッチワーク用の作業台が置けることだったが、実際にいくつかの物件を回っているうちに、日当たりや駅徒歩分数、風呂場の広さなどの条件が追加されていき、ようやく見つけたのがこの中古マンションだった。

最寄り駅は今までと同じたまプラーザ駅で、娘夫婦が住む鷺沼駅へも徒歩二十分、車であれば五分ほどで行ける。七階建ての一階で、間取りは2LDK。

特に正太郎が気に入ったのは、庭の奥に部屋専用の駐車スペースがあり、そこから直接庭に入れることだった。ウッドテラスの端には立水栓《りっすいせん》もあり、前のマンションでは水やりのたびにキッチンで水を汲んでいたことを考えると、格段に作業がしやすくなる。

まずは土作りをしないとな、と頭の中で必要なものを思い浮かべていると、ベストのポケットからけたたましい着信音が響いた。

「はいはい」

正太郎はスマートフォンを取り出し、〈澄子〉と表示された下の通話ボタンをタップする。

「はい、もしもし」

『あ、もしもしお父さん?』

妻はわずかに早口で言った。

『ガスの方は大丈夫?』

「ああ、さっき終わったよ」

正太郎がリビングに戻りながら答えると、『こっちも今荷物を積み終わってトラックが出たところ』と返ってくる。

正太郎はつい癖で壁掛け時計を探してしまってから、腕時計を確認した。

十六時三十五分――予定よりも三十分以上遅れている。

澄子は引っ越し屋に応対するために前の家に残り、正太郎はガスの開栓立ち会いのために先に新居に来ていた。立ち会いはすぐに終わったから車で運んできたプランターを下ろして待っていたが、今出たところとなると、引っ越し屋がこちらに着くのは十七時過ぎになるだろう。

『夕飯はどうしましょう』

澄子が毎日言っていることを口にした。正太郎はもう一度腕時計を見下ろす。

「荷下ろしが終わってからそっちに行くとなると、ちょうど夕飯時だな。そのまま外で食べるか？」

『そうねえ。それでもいいけど、できれば一度お風呂に入ってからがいいかしら』

「なら出前でも取るか」

正太郎は答えながら、先ほど郵便受けから回収してきたチラシの山を選《え》り分《わ》け始める。

「ピザ、寿司、蕎麦があるが」

『んー、今日はさっぱりしたものがいいかしらねえ』

「じゃあ寿司か蕎麦か」

せっかくだし新居祝いに寿司でも、と続けかけたところで、澄子が『ざる蕎麦とか』と言った。

正太郎としてはそこまでこだわりがあるわけでもなかったので、「蕎麦な」と蕎麦屋のチラシを開く。ざる蕎麦、鴨南蛮蕎麦、天ぷら蕎麦、カレー蕎麦、天丼やカツ丼、カレーライスもある。蕎麦だけだと少し物足りないから、鴨南蛮にするか。

『とりあえず、こっちの掃除が終わったらまた連絡するわね』

澄子の声音に疲れが滲んだ。

「大丈夫か？　疲れただろう」

正太郎は電話口に意識を戻す。

「俺が迎えに行くまで休んでいたらどうだ」

『ああ、そんなに疲れてるわけじゃないのよ。ただちょっと、気疲れしたというか』

「気疲れ？」

妻にしては珍しい言い回しに思わず聞き返すと、澄子は、『それがね、今日の引っ越し屋さん、なんだか嫌な感じで』とげんなりした口調で言った。

『二人で来たんだけど、リーダーみたいな人がバイトっぽい子をずーっと怒鳴ってるのよ。何やってんだ馬鹿、おまえほんっと使えねえな、早くやれよ愚図がって』

飲み物を飲む時間もなさそうでね、とため息をつく。

『この暑さじゃ熱中症とかも心配だし』

「まあ、二人じゃ休憩も取りにくいんだろう」

しかも既に予定が押しているのだ。次の約束もあるとすれば、これ以上遅らせるわけにもいくまい。

『引っ越し屋さんってみんなああなのかしら』

澄子が声を沈ませた。

『考えてみたら、今までは官舎の皆さんにお手伝いしてもらってたから、業者に依頼するのってこれが初めてでしょう』

「みんなってことはないだろうが……」

歯切れが悪くなったのは、以前、引っ越し屋絡みで起きた殺人事件を担当したことがあったからだった。

――あの引っ越し屋でも、現場リーダーによるアルバイトへの暴言、暴力が横行していた。

「俺も気をつけて見ておくよ」

正太郎の言葉に、澄子はようやく気を取り直したように『お願いね』と声のトーンを上げて電話を切った。

正太郎は短く息を吐き、再びウッドテラスへ出る。

まだカーテンをつけていない窓を振り向くと、広々とした横長リビングと、スライド式の壁で個室としてもリビングの続きとしても使える和室がよく見通せた。

そのがらんとした光景に、妙な落ち着かなさを覚える。

いくつもの物件を見て回り、ひと通りの懸念点は潰《つぶ》したはずだった。もし今後暮らしていく中で何か不便に感じることがあっても、ここは官舎や賃貸マンションと違って自分たちのものなのだから、少しずつ手を加えて住心地の良い空間にしていけばいい。

だが、そう自分に言い聞かせても、腹の底がざわつく感覚はなくならなかった。

背中に炙《あぶ》るような陽射しを受けていると、じわじわと古い記憶が蘇ってくる。

正太郎が思い出していたのは、六年ほど前の事件だった。

*

警察に入った第一報は、八十二歳の認知症の男性が夜間にひとりで家を出て行方がわからない、という相談だった。

交番の警察官はすぐに相模原西署《さがみはらにし》に報告を上げ、市役所や公共交通機関と連携を取って捜索を開始した。

ただし、この時点では事態はそれほど深刻視されていなかった。松島光男《まつしまみつお》の行方がわからなくなったのは五度目のことで、過去四度とも早々に近隣の神社付近で見つかっていたからだ。

そもそも通報自体、警ら中に松島の自宅前を通りがかった警察官が夫人に声をかけたところ、うちの人を見なかったかと尋ねられたという流れで、行方不明者届が出されたのも人員を割くための形式的なものでしかなかった。

松島は三十代の頃、妻が大病を患《わずら》った際にお百度参りをしていたことがあったらしい。その後妻は無事に快復したが、松島は認知症になって以降、当の妻が自宅にいても神社へ行こうとするようになったという話だった。

老夫婦の自宅から神社までは、徒歩で四十分ほどかかる。坂も多いため足腰の悪い妻は捜しに行くことができず、近所の人やケアマネジャー、日用品の配達を請け負っている酒屋の店員に捜索を頼むことが度々あった。今回警察に相談したのも、特に今までのケースと違った心配があったわけではなく、単に行きがかり上だったのだ。

だが、捜索は予想外に難航した。

神社周辺に松島の姿はなく、家を抜け出したのが夜間だったこともあってか目撃証言も集まらなかった。公共交通機関やタクシーを使った形跡はないため、徒歩圏内にいるものと思われたが、市内放送を流しても発見には至らなかった。

山道へ迷い込んでしまったのか、どこかの草陰で倒れているのか――いずれにせよ、残暑の厳しい八月末に屋外に居続けているだけで命にかかわる。

日が高くなる頃には捜索人員を増やし、捜索範囲を広げることになった。

しかし捜索を開始して約五時間経った十四時過ぎ、松島の自宅からは約五キロ、神社からは約二キロ離れた山道脇に不法投棄されていた冷蔵庫の中から、松島の遺体が発見された。

さらに、そこから数十メートル下の山林にワードローブ型の箪笥《たんす》が転落しているのが見つかり、外国人男性の遺体まで出てきたのだった。

松島の頭部には打撲創《だぼくそう》があり、外国人男性の頸部には索条痕《さくじょうこん》があった。

検視の結果、松島の死因は鈍器で強く殴られたことによる出血性ショック、外国人男性は非定型的縊首《いしゅ》――座位での首吊り自殺によるものだと推定されたが、どちらにしても死体が遺棄されている以上、事件性があるのは明らかだった。

死亡推定時刻は、松島が八月三十日の深夜〇時から二時頃、外国人男性がその前日の早朝四時から六時頃と離れていたものの、現場に残されていた下足痕《げそこん》は一つしかなく、少なくとも死体遺棄に関しては同一人物の犯行と見られた。

外国人男性の遺体は、なぜ遺棄されたのか。そして、松島はなぜ殺されたのか——亡くなった外国人男性の身元は、遺体が引っ越し業者の制服を着用していたことからすぐに判明した。

ベトナム北部・紅河《こうが》デルタ地方に位置するナムディン省出身の阮文勝《グエン・ヴァン・タン》、二十二歳。

一年四カ月前の二〇一二年四月に技能実習生として来日し、静岡県内の建設会社で働いていたが、三カ月前の二〇一三年五月に失踪《しっそう》して以来、行方がわからなくなっていたという。

タンは実習先を失踪後、一週間ほど経ってからパラダイス引っ越しセンターでアルバイトとして働き始めた。

ベトナムではフェイスブックの利用率が高く、技能実習で日本に来たベトナム人のためのコミュニティグループも数多く存在する。失踪者向けの仕事の斡旋や偽造在留カードの作成を請け負う会社の情報などが寄せられており、タンもそうした仲介業者を通して偽造在留カードを入手し、職と住まいを得たようだった。

まず松島とタンの鑑取りが行われ、両者に共通した知人がいないかどうかが洗われた。

だが、二十年以上前に学校給食の調理師を定年退職して以降、趣味と言えばインターネット上で麻雀を打つことくらいで、ほとんどの時間を自宅で過ごしていた松島と、相模原市へ移住後も働き詰めで、数少ない休日にもスーパーに食材を買いに行くくらいで外食すら一度もしていなかったタンとでは、繋がる線が見つからない。

それでも、第一被疑者は早々に挙がった。

仲介業者の寮でタンと同室だった阮文徳《グエン・ヴァン・ドゥック》が事件後に姿を消しており、パラダイス引っ越しセンターのトラックが夜間に現場近くへ動かされていたことがNシステムにより判明したからだ。

さらに、当該トラックに積まれていたハンガーボックス内から糞尿の拭《ふ》き残しとタンのものと思われる頭髪が発見されると、容疑は一層濃くなった。

ドゥックはタンより三カ月遅い二〇一二年の七月に来日、神奈川県内の養豚場で技能実習生として五カ月働いた後、実習先から失踪していた。

二人は名字もミドルネームも同じだが、肉親というわけではなく、出身地も東北部のバクザン省と異なる。そもそもベトナムではグエンという名字は人口の約四〇パーセントを占めるありふれたもので、ミドルネームも男性のほとんどがヴァンらしい。

しかしドゥックの方が二歳上で、パラダイス引っ越しセンターで働き始めたのも早かったことから、勤務先では二人を兄弟だと認識していた者が少なくなく、二人の区別自体がついていなかった者も複数人いた。

ドゥックはタンと同様、フェイスブック上で仲介業者と連絡を取り、偽造在留カードを作成していた。

松島とドゥックの間に接点はないようだったが、ドゥックがタンの遺体を遺棄しに行った際、松島に目撃されて動転し、口封じのために殺害したという流れであれば不思議はない。

だが、不可解なのは、そもそもなぜドゥックはタンの遺体を隠そうとしたのか、という点だった。

タンの死が自殺によるものなら、遺体を隠蔽《いんぺい》する必要はない。

不法滞在者であるため、警察が職場に来ることで入管に居場所を知られて強制送還されるのを恐れたのではないかという意見も挙がったが、だとしてもわざわざ職場のトラックを使用して運び出し、遺棄するリスクを考えれば、単に行方をくらませた方が話は早いはずだ。

しかも、ドゥックはタンが死んだ日、本来タンが働くことになっていたパラダイス引っ越しセンターのシフトにタンの振りをして入っていた。

当日同シフト内で現場リーダーをしていた河合浩次《かわいこうじ》は、タンとドゥックをどちらも「ベトナム人バイト」としてしか認識しておらず、出勤してきたのがドゥックの方だったことに気づいていなかった。

そして河合いわく、ドゥックは何食わぬ顔でタンとして仕事を終えると、日払いの給料を現金で受け取って寮へ帰っていったという。

タンがどこで死んだのかは不明だが、少なくともドゥックが二十九日朝の時点でタンの不在に気づいていながら、それを隠そうとしていたことは明らかだ。

ここで二つの仮説が立てられた。

一つ目は、朝の時点ではタンの死は知らず、ひとまず代わりにシフトに入ることでタンが無断欠勤をした形にならないようにしたものの、帰宅後に遺体を見つけ、隠すことにした、というもの。

二つ目は、既に朝の時点でタンの死に気づいており、発覚を遅らせるためにタンとして出勤し、夜間になるのを待ってから遺棄に取りかかった、というものだ。

どちらの場合でも、タンの遺体を遺棄しに行った段階では、今後もパラダイス引っ越しセンターで働き続けるつもりだったのだろう。

ドゥックの元実習先を担当していた監理団体の職員、そして技能実習生を支援するＮＰＯの人間によれば、日給八千円を日払い現金渡しで受け取れるというのは、元実習先に比べれば破格といっていいほどの待遇だったようだ。

ベトナムの平均月収は約三万円。また、社会保障制度が十分に整備されておらず、医療機関では賄賂《わいろ》や付け届けが横行しているため、家族が病気になった際、高額の治療費を払えずに出稼ぎをせざるをえなくなる者が少なくない。

ドゥックも、母親が肺を患ったことで治療費が必要になり、ベトナムの送り出し機関に約四十万円の手数料と約六十万円の保証金を支払うために実家の土地使用権を抵当に入れて借金をした上で、技能実習生として来日していた。

日本に行けば月収二十万、残業をすれば年収四百万円も可能だと説明されていたからだ。

だが、実際には手取りが二十万を超える実習先など滅多にない。企業によっては、「日本語のコミュニケーションが円滑に取れない」等の理由で基本給が減額され、さらにそこから税金や保険料、家賃、水道光熱費が天引きされるため、手取りは十万円を下回ることもある。

ドゥックの場合は残業代もつかず、受け入れ企業が監理団体へ支払う監理費も負担させられた上に親睦《しんぼく》会費も徴収されていたため、手取りは月七万円だった。

その中で食費もやりくりするとなると、何とか月二万円以内に抑えたとしても借金を返すだけで一年半以上かかってしまう。

だからドゥックは失踪を決め、不法滞在者として身を潜めながら働く道を選んだ。実習先から失踪すれば、六十万円の保証金は戻ってこなくなるが、それでも実習先を出て働いた方がましだと判断したということだ。

だが、そうしてようやく見つけた新しい職場で、同僚が自殺し、このままでは警察が立ち入ってくるという局面に立たされた。

日給八千円、繁忙期になれば一万円が手に入るパラダイス引っ越しセンターという職場を手放すには、相当な覚悟が必要だっただろう、というのがNPOの人間の見解だった。

死体遺棄という罪を犯してでも手放したくないと考えるほどか、との問いにはうなずかなかったが、ドゥックが置かれていた状況を考えれば、それは十分にありえただろう。

警察が変死体となったタンの捜査に訪れれば、その前に行方をくらませていたとしても、ドゥックが不法滞在者として就労していたことは明るみに出る。仲介業者が捕まれば、芋づる式にドウックも見つかり、強制送還させられる可能性もあったのだから。

借金を返し終わる前に帰国させられたら、家と土地を失い、家族の期待と信頼を裏切ったという挽回《ばんかい》の利かない不名誉だけが残る。

日本人にとっては無数にあるアルバイト先の一つに過ぎなくても、ドゥックにとっては人生を懸けた職場だったのだ。

しかし、ドゥックはタンを遺棄しようとしたところで松島を殺害してしまい、結局姿を消さざるをえなくなった——

神奈川県警はグエン・ヴァン・ドゥックを重要参考人と定め、正太郎もドゥックに関する聞き込みを担当することになった。

聴取の主目的は、ドゥックの潜伏先に繋がる人脈を探すことだった。

異国の地において、ほとんど現金を持たずに自力で身を隠すのは困難だ。何らかのツテを辿って潜伏していると考えるのが妥当であり、濃厚なのはベトナム人コミュニティグループを頼って偽造在留カードを作り直し、別人として新たな居場所を得たという線だが、来日後に実生活でドゥックに関わった人間の中に手を貸した者がいないとも限らない。

この時点で、犯行動機を探ろうとする動きはほとんどなかった。

なぜなら動機については、出稼ぎに来た外国人労働者が不法滞在が露見することを恐れて同胞の遺体を遺棄し、その現場を目撃されたために目撃者を殺した、という「ストーリー」がある程度出来上がっていたからだ。

正太郎と、当時ペアを組んでいた中川《なかがわ》がまず訪れたのは、ドゥックの元実習先である大崎《おおさき》ランドレースファームだった。

訪問前に軽く調べたところによると、養豚農家には豚の繁殖や改良を目的に繁殖豚を交配させて子豚を出産させる繁殖経営と、子豚を食用豚まで飼育する肥育《ひいく》経営、さらに両方を行う一貫経営があるようだが、大崎ランドレースファームは前者だという。訪問時はちょうど分娩が立て込んでいるとのことで、正太郎たちは出迎えてくれた職員に「事務室内の応接スペースでお待ちください」と促され、管理棟の玄関で別れた。

管理棟はプレハブの平屋で、玄関からの動線にランドリールーム、シャワー室、着衣室があり、事務室へはそれらを通らなければ行けない構造になっていた。

要は豚舎で作業をした服では事務室に入れない設計になっているらしく、作業中の職員は応接スペースまで案内できないという。

正太郎たちはいくつもの洗濯機や乾燥機や小さなシャワー室が立ち並んだエリアを抜け、〈開放厳禁〉と書かれた着衣室のドアを閉めてから、短い廊下を進んで事務室へ入った。

事務室とはいっても、そこは事務スペースと休憩所と喫煙所と応接コーナーを無理やりひと部屋にまとめたような雑多な空間だった。

入ってすぐ右側にダイニングセットが、左側に長机やホワイトボードが並んだ事務スペースがあり、奥には一人暮らしのアパートくらいの簡易な台所がある。やけに立派な食器棚と冷蔵庫の前には事務用にも使われているのと同じ長机とパイプ椅子が置かれており、卓上には吸い殻が山盛りになった灰皿とお菓子が入ったかごがあった。

どこが応接スペースなのかひと目ではわからなかったが、よく見ればダイニング用に見えるテーブルの隅には造花と卓上カレンダーがある。

「ここでいいんですかね」

中川が戸惑い混じりに言った。

「おそらくな」

正太郎は短く答え、下座側の奥の席に座る。

――無人の事務室に通す以上、特に見られて困るものもないということだろうか。

天井へざっと視線を滑らせてから、事務スペースを見回した。監視カメラがあるようにも見えないが、なんとなく捜査機密について話す気にもなれない。

互いに無言で捜査資料を確認し続けて十五分ほど経った頃、ノックの音が響き、首にタオルを巻いたTシャツ姿の女性が現れた。

大崎ランドレースファームを夫と共に経営している大崎朋子《ともこ》、五十三歳。技能実習生の業務指導の他、生活全般のサポートも担当しており、ドゥックと最も関わりが深かったとされている人物だ。

「お待たせしちゃってごめんなさいね」

大崎は眉尻を下げて会釈をし、「ちょっとお産が長引いちゃって」と言いながらリモコンを手に取った。エアコンへ向けてから、正太郎たちを振り返る。

「あ、温度下げても大丈夫かしら?」

「ええ、もちろんです」

「シャワーを浴びてもこの汗でねえ。更年期でいやになっちゃう」

大崎はざっくばらんな口調で言い、正太郎の前に座ってから「あら、いやだ」と立ち上がった。

「ごめんなさい、お茶も出さずに」

台所へ向かい、手際よくグラスを用意する。お盆の上にお茶とお菓子のかごを載せて戻ってきた。

「こんなものしかなくて申し訳ないけど」

年若い中川が、ちらりと正太郎を見る。正太郎は「いやあ、お気持ちは大変ありがたいんですが、規則でいただけないことになってるんですよ」と苦笑してみせた。

「ああ、そう言えば昨日来た刑事さんも同じことを言ってたわね」

大崎は中川へと顔を向け、息子くらいの歳の子を見ると、ついお節介したくなっちゃうのよ、と目を細める。

「若いスタッフの皆さんからはお母さんと呼ばれているとか」

正太郎が捜査資料を思い出して言うと、「そうなのよ」と笑った。

「みんな自分の子どもみたいでね。一人で言葉もろくにわからない国で働かなきゃいけないなんて、心細いに決まってるでしょ？　だから、私のことは日本のお母さんだと思ってくれていいのよって言ったら、日本人の子たちまでふざけてお母さん、お母さんって呼ぶようになっちゃって」

「アットホームな職場ですね」

正太郎は相槌を打ちながら、わずかに身体に力が入るのを感じる。

——早速、話が核心に近づいてきている。

さて、どう繋げていくか、と思考を巡らせていると、大崎は「私は匿《かくま》ったりはしてないわよ」と先手を取るように言った。

「刑事さんたちは、あの子が犯人だと考えてるんでしょ？」

「いや……まあ、事件について重要なことを知っているものと見ているのはたしかですが」

反射的にはぐらかしたが、既に事件について「失踪した不法滞在中の元技能実習生を重要参考人として捜査している」旨の報道が流れている以上、警察がドゥックを被疑者として扱っているのは傍目《はため》にも明らかだ。

「そりゃあ私だって、短い期間とはいえ家族みたいに思ってた子ですからね、頼られてたら助けてあげたいと思ってたかもしれないけど」

大崎は、頼られなかったことを残念に思っているような口調で言った。正太郎は少し意外に思いながら、「失踪されたのに？」と尋ねる。

技能実習生に失踪された受け入れ企業は、優良認定においてペナルティを受けることがあり、今後新たに技能実習生を紹介してもらいづらくなるという。そうでなくとも、子どものようにかわいがっていたのならなおのこと、失踪された際には裏切られたような感情を抱いたとしてもおかしくない。

だが大崎は、「もう実習生の子たちを受け入れるのはやめようと思ってるんですよ」とため息をついた。

「もちろん、今いてくれる子たちのことは最後まで責任を持って面倒を見るつもりですけどね。……うちに来るのは、あの子たちにとってあんまり幸せなことじゃないかもしれないから」

「そうでしょうか」

今の話を聞く限りでは、少なくとも自殺したタンの元実習先よりはよほど良心的な姿勢に思える。

タンが勤めていた建設会社では、実習生を育てたところで、どうせ使いものになる頃には国に帰ってしまうのだから会社にとってメリットがないという理由で、ろくな技術指導も行われなかった。タンが勤務中に利き手の人さし指を骨折した際も、「休日に自転車に乗っていて転んだことにしろ」と命じられたという。

タンに関する聞き込みを担当した捜査員によれば、タンは労災を申請できず、治療費も自己負担させられたことを契機に失踪を決めたらしい。

「うちも余裕がないし、元々残業代が出るような仕事でもないですからね」

大崎は塩飴の袋を開けながら言った。口内に飴玉を含み、よかれと思ってたんだけど、と目を伏せる。

「日本に来ても自炊ばかりで外食をしたことがないって言うから、美味しい和食のお店に連れて行ってあげたり、早く職場に馴染《なじ》めるようにってみんなで飲みに行ったりね。あの子がお金に困っていることは知っていたけど、だからといって毎回ごちそうしてあげるのも他の従業員からすれば贔屓《ひいき》してるみたいに見えるでしょ？　それで、みんなからもらってる親睦会費をあの子からももらってたんだけど……失踪した後になって、監理団体の人から、本人はかなり負担に思っていたみたいですよって聞いて」

「なるほど」

「でも、それなら直接言ってくれればよかったじゃない？　本人が嫌がってるなら、私だって無理強いはしませんよ」

とはいえ、たしかに直接は言いづらかっただろう。何せ、相手にとっては善意なのだ。日本語でのコミュニケーションに不安があったドゥックとしては、経営者の機嫌を損ねることを恐れて言い出せなかったのかもしれない。

「お話を聞く限り、金銭面での不満はあったにせよ失踪するほどではない気がするんですが」

言葉を挟んだのは中川だった。

「失踪すれば送り出し機関に払った保証金も戻ってこなくなるし、何より不法滞在者になっていつ入管に見つかるか怯え続けなければならなくなるわけですよね。何らかのきっかけがないと、なかなか失踪に踏み切るのは難しいんじゃないかと……」

「あれは誤解なのよ」

大崎は苦々しい顔でお茶に口をつける。

「誤解？」

中川が聞き返すと、口元を手の甲で拭った。

「国のお母さんの病状が悪化したって相談してきたから、『ベトナムに帰る？』って訊いたの。私としては、心配だろうし一度様子を見に行きたいんじゃないかって思って言っただけなんだけど……後で監理団体の人から、それは強制帰国させられると思ったんじゃないかって」

実際のところ、待遇への不満を訴えたために強制帰国させられたというケースは珍しくなく、強制帰国を技能実習生への脅《おど》しに使う経営者もいると聞く。ドゥックとしては、借金を返し終わっていない段階で切り出された帰国という言葉に、最悪の展開を想像しただろう。

「だから、私はあの子がいなくなったとき、ベトナムに一時帰国したんじゃないかと思ってたんですよ。監理団体の人にも、本人から相談を受けていたことを説明してね。事情が事情だから、本人が望んで戻ってくるならまた実習を続けさせてあげてほしいってお願いしたりしてたんだけど……」

「彼が日本を出た記録はなかった、と」

正太郎が言葉を引き継ぐと、大崎は空になった飴の袋をつまんだ。

「たぶん別のところで不法就労してますよ、入管に見つかるまで帰る気はないでしょうって言われて……ショックでしたけど、まあ、そうなんだろうなって」

私は息子みたいに思っていたけど、結局あの子はお金の方が大事だったっていうことなんでしょうね、と続ける。

一拍置いてハッと顔を上げ、空気を払うように手を振った。

「別に恨んでるわけじゃないのよ。仕方のないことだと思うし」

大崎は首からタオルを外して膝の上に丸め、飴の袋を手の中に握り込む。

「つまりね、あの子は私が国に帰らせようとしたと思ってるわけだから、今さら私を頼ってくるなんてありえないって話」

そこで壁時計を見上げ、そろそろ仕事に戻ってもいいかしら、と言って正太郎たちの返答を待たずに腰を上げた。

この日の聞き込みで、正太郎の記憶に最も残っているのは、管理棟を出た際に鼻をついた、糞尿と血の混ざり合った臭いだ。

蒸されて臭いが濃くなった外の空気を吸い込んだことで、正太郎は大崎からも薄っすらと同じ臭いがしていたことに遅れて気づいた。

臭いの元を持ち込まないようにとどれだけ動線に気を遣い、念入りに作業服や身体を洗っても、肌に染みついて消えない、生き物の臭い。

駐車場まで見送られ、フェンスに囲まれた養豚場内を振り返ると、管理棟を同じ外観のまま一回り小さくしたような建物が見えた。

元々は豚の出産が夜間になったときの仮眠用に作られ、今は主に技能実習生の寮として使われているらしいプレハブ小屋――風呂トイレ台所共同で、パーテーションだけで区切られた十二畳ほどの空間に、ドゥックがいた頃は三人が住み、月々の家賃は一人二万円だったという。
車に乗り込み、シートベルトを締めながら正太郎が思い返していたのは、「息子みたいに思っていた」という大崎の言葉だった。

*

十七時を五分ほど回り、正太郎が一本だけ残していた煙草に火をつけかけたところで、聞き慣れないチャイム音が鳴った。

慌てて室内へ戻り、インターフォンを繋ぐと、引っ越し屋の帽子をかぶり、マスクから鼻を出した男が会社名だけを早口で名乗った。

正太郎はエントランスの解錠《かいじょう》ボタンを押して煙草を箱に戻し、エアコンの設定温度を下げる。大きくなった送風音を聞きながら、やはりエアコンを売り主に置いていってもらって正解だったな、とぼんやり考えた。省エネ性能が高い最新式のものを購入することも考えたが、この時期は取り付け工事の予約を取るのも難しかっただろう。

もう一度、今度はマンションエントランス用のものよりも甲高いチャイム音が響いた。

玄関前に現れたのは先ほどインターフォンで名乗った四十代半ばくらいの男と、黒いウレタンマスクで顔半分を覆った三十代前半らしき男の二人組で、正太郎がまず思ったのは、そこまで暴言を吐くようなタイプにも見えないが、ということだった。

もちろん、パッと見の印象では判断しきれないし、人は見た目によらないということなど、長年刑事をやっていたのだから嫌になるほど知っている。

それでも四十代半ばの男の方からは、相手を威圧することに慣れた者特有の空気感のようなものが感じられなかった。

男は正太郎とは一度も目を合わさないまま、家具の置き場を確認し、玄関に養生マットを敷いて出ていく。

ただ、これまでに会った支配的な男の中にも、正太郎の前ではそうした性質を表に出さない人間は少なからずいた。力を使いたがる者ほど相手との力関係に敏感で、相手が力に屈するタイプかどうかを正確に見抜く。

そもそも警察自体が抑圧的な組織であるため、階級が上の相手から怒鳴られるのは日常茶飯事だったし、刑事として働く上では相手に脅威を感じさせることが必要な場面もあった。

正太郎自身は不要な暴言を吐いたことはないつもりだが、状況によって声を荒らげることはあり、意識的に相手を威圧したことも何度もある。

とりあえず自分の存在が抑止力になるのならと、業者が荷物を抱えて戻ってくるたびにそれとなく見張るようにしたが、しばらくして正太郎は、自分の思い違いに気づいた。

三十代の男が現場リーダーらしく、怒鳴られているのは中年の男の方だったのだ。

ちょっとは頭を使えよ、いちいち言われなきゃわかんねえのか、ふざけんなよ馬鹿、傷がついたらどうすんだ——概《おおむ》ね妻から聞いていたような怒鳴り声が聞こえてきたため、正太郎は「そんなに神経質にならんでも大丈夫ですよ」と声をかけた。

「どうせ元から傷だらけの古いものだから」

「ああ、すみません」

現場リーダーは何に対してのものかわからない謝罪を口にし、また中年の男へ「おい、早くそっち持て」と顎をしゃくる。

実際のところ、罵倒《ばとう》されている男は作業に不慣れなようではあった。

正太郎も官舎にいた頃は毎年のように引っ越し作業に駆り出されており、ある程度の手順は把握している。業者の場合は素人よりも気をつけなければならないことが多いだろうが、それを差し引いてもなお、彼は手際が悪く見えた。

こうした工数の多い作業において、必要とされるのは先を読む力だ。どこから手をつけていった方が効率が良いのか、何を同時に済ませればトラックとの間を往復する時間が無駄にならないか。他の作業員の作業の進み具合を見ながら、次の工程の見通しを立てて動くことが求められる。

中年の男は、正太郎の目にも非効率的な動きをしているように見え、何もせずに現場リーダーの作業を見守っていることもあった。

正太郎は、再びドゥックについての聞き込みをしていた頃を思い出す。

パラダイス引っ越しセンターでアルバイトをしていた大学生で、ドゥックやタンとも何度か同じシフトに入ったことがあったという樋口俊《ひぐちしゅん》の話だ。

仕事内容について尋ねた正太郎に対し、樋口は「慣れれば楽しいですよ」と言っていた。

「まあ丁寧にやり方とか教えてくれる人はいないし、最初はみんな怒鳴られまくりますけどね、何度かやってりゃフツーに怒られなくなりますよ。慣れたメンツばっかだとみんなコツも間合いもわかってるからスムーズに終わるし、なんかこうちょっとした祭りみたいな感じで、結構達成感もあるっていうか」

ただ、こういうのってセンスもありますからね、と樋口は首を傾けて鳴らした。

「ドゥックの方は筋が悪くなかったけど、タンの方はぶっちゃけちょっと微妙だったかな。日本語がよくわかんないってのもあったと思うけど、やる気がある感じでもなくて、ちゃっかり軽い荷物ばっかり持ってたりしてて。暗いし、休憩中とかもあんまり俺たちと関わりたくないのかほとんどしゃべんなくて……これは俺が言ったわけじゃないけど、あの人がシフトに入ってるとハズレだって言ってる人もいました」

正太郎はメモを取る手を止めた。

タンは元実習先で利き手の指を骨折していた。怪我について正直に言えば、雇ってもらえなくなると考えたのだろう。

「あ、だけどドゥックはそれなりにしゃべるやつだったし、俺も真面目ないい人だなって思ってましたよ」

樋口は、話しすぎてしまったことをごまかそうとするように声のトーンを上げた。

「いつだったか、大事な手紙を拾ってしまったんだけど、どうすればいいかって相談されたことがあって」

「大事な手紙?」

「いや、それがね」

小さく笑いを漏らし、「ツイッターに書いたらちょっとバズった話なんですけど」と続ける。

「スーパーでかごの中に手紙が入ってたって言うんですよ。で、その手紙の中にお父さんって書いてあったから、これはお父さん宛の大事な手紙のはずだ、持ち主を見つけてあげたいんだって、マジな顔で」

樋口は再びこらえきれないように笑った。

「でもそれ、見せてもらったら、ただの買い物メモだったんですよ。お父さん、お醤油とにんじん買ってきてもらえる? みたいな。でもドゥックは、お父さんってとこしか読めなかったらしくて」

「ああ」

正太郎も思わず微かに頬を緩ませる。たしかに微笑ましいエピソードだ。

「で、これは手紙じゃなくて買い物を頼むためのメモですよ、お父さんっていうのも、子どもが親に書いたんじゃなくて、奥さんが旦那さんに書いたものだと思いますよって説明したら、『この人、困ってないですか?』って。そんなん、かごに残してってたんならもういらないってことだろうし、必要だったとしても奥さんに聞き直せば済む話じゃないですか。うわ、今どきこんな心がキレイな人いるんだって、びっくりしちゃいましたよ」

外国人あるあるのいい話じゃんって結構ウケて、と樋口は得意気に言った。

「だからってわけじゃないけど、正直俺はドゥックが老人を殺すとかってピンと来ないんですけどね」

正太郎が手帳から顔を上げると、「いや、まあ本当のところそんなに仲が良かったわけでもないんでわかんないですけど」と慌てたように視線をそらす。

「ただ、なんていうかあの人、年功序列？　みたいなのにも結構こだわってたんで……」

「ああ、ベトナムでは年功序列の意識が強いそうですね」

相手が年上か年下かによって使う人称代名詞まで異なり、だからこそ初対面ではまず相手の年齢を尋ねるのだという。

「そうなんすね」

樋口はどこか安心したような表情をした。

「じゃあ、単にそういうことなだけだったのかもしれないです」

「何か、年功序列にこだわっているなと感じることがあったんでしょうか」

「特に何かあったってわけじゃないんすけど……ほら、この業界って年齢とかよりも、結局どんだけ仕事できんのってのが大事にされるところがあるんで、そういうの関係なく歳が上ってだけで偉いと思ってる感じが、ちょっと不思議だったっていうか」

「なるほど」

「歳上だったら、自分より後に入ってきたやつのいうことでも聞いちゃうんですよ。ドゥックの方が先輩なんだからって言っても、あんまり通じてないっぽくて……まあ、それだけなんで、だから老人を殺さないってわけでもないと思うんですけど」

実のところ、それは正太郎も一度は考えたことではあった。

年配者を敬う精神が強いベトナム人が、死体遺棄の瞬間を目撃されたからといって、その場でお年寄りを殺害したりするものだろうか、と。

だが、謙虚、勤勉、礼儀正しいと評されがちな日本人にも、当然のことながらそうではない人間はいるわけで、ベトナム人だからお年寄りを殺さないだろうと考えるのは、短絡的にすぎる。状況的にドゥックが被疑者であることは疑いようがなく、出身地で予断を持つのもナンセンスだろうと疑念を退《しりぞ》けたのだったが――

「すみませーん」

張り上げられた声に我に返った。

「ちょっとご確認いただいてもいいですか」

寝室から続いた声に、「はいはい」と答えながら向かう。

「こちらの簞笥なんですけど、運ぶときにちょっと傷がついてしまったみたいで」

現場リーダーが言いながら示したのは、二年前、官舎を出るのを機に購入した和簞笥だった。

正太郎は、一瞬返答に詰まる。

警察官だった頃は、異動が多く内示が急で、しかも官舎の場合は次がどんな広さの物件になるかもわからなかったため、大きな家具は持たず、日用品も常に必要最低限のものに留めていた。だが、退職後は引っ越すとしても自分たちの好きなタイミングででき、同僚に気を遣う必要もない。いつまでも衣装ケースを使っているのもあれだから、という妻の意見で箪笥を見繕うことになり、結婚以来初めて家具屋で買った家具の一つだった。

「ほら、おまえも早く謝れよ」

現場リーダーが中年の男の後頭部をつかみ、無理やり下げさせる。

「申し訳ありません」

「いや……」

正太郎は和箪笥を見たが、傷といっても大して目立つわけでもなく、角に白い引っかき傷がついてしまっているだけだった。何よりここで問題にすれば、この男がさらに怒鳴られることになるだろう。

「まあ、この程度なら大丈夫ですよ」

元々、どれも傷だらけの古いものだからあまり気にしなくていいと言ったのは自分だ。

「すみません」

現場リーダーが会釈をし、「そしたら完了のサインをもらってもいいですか」と用紙を手渡してきた。

正太郎はサインをして返し、養生マットを回収して出ていく二人を見送る。

鍵をかけて息を吐き、段ボール箱が積み上がった室内を見渡しながら、スマートフォンを手に取った。履歴の一番上にある妻の電話番号をタップし、耳に押し当てる。

発信音が五回響き、留守番電話に切り替わりかけたところでようやく繋がった。

『ごめんなさい、ちょっと掃除機の音で聞こえなくて。引っ越し、終わりました？』

「終わるには終わったんだが」

正太郎はわずかに言い淀んだ。

「ちょっと和箪笥に傷が……」

『傷？』

「言うほど大したもんじゃないんだが、最後に問題ないかって確認されたもんで」

『それは別にいいけど……え、まだそこに業者さんいるの？』

「いや、今帰ったところだが」

数秒、沈黙が落ちる。

——やはり、澄子にとっては思い入れのあるものだったのだろうか。

修理する方法を調べた方がいいかと考えていると、澄子は『意外ね』と言った。

「ん？」

『いえね、ちょっと良くない引っ越し屋さんに頼んじゃったのかしらと思ってたから、そういうのはちゃんと正直に申告してくるんだなって』

ああ、と正太郎はうなずく。

「後からクレームを入れられるよりはいいんだろう」

『作業中は怒鳴ったりしてなかった？』

正太郎は、一瞬どこまで話すか迷ったものの、「傷がついたらどうすんだって怒鳴ってるから、そんなに神経質にならんでいいって言っちまったんだよ」と話した。すまんな勝手に、と謝ると、

『あ！』と澄子が突然声を跳ね上げる。

『もしかして、それなんじゃないかしら』

「それ？」

『クレームよ』

得心《とくしん》したような口調だった。

『なんであんなふうに怒鳴ったりするんだろうって不思議だったんだけど、あれ、クレーム対策だったんじゃないかしらって』

「ほう」

正太郎は習慣で相槌を打ったが、喉の奥で引っかかるものを感じる。しかし妻は謎が解けてすっきりしたように『ほら、わざと厳しく接しているところを見せつけておけば、クレームを入れづらくなるでしょう？』と声を弾ませた。

たしかに正太郎も、問題にすれば男がますます怒られることになるかもしれないと考えた。

だが、妻に対してそうだなとは答えられなかったのは――先ほどから思い返してきた事件の真相が頭の中にあったからだ。

結局、グエン・ヴァン・タンの死体遺棄容疑、松島光男の殺害容疑で逮捕されたのは、パラダイス引っ越しセンターで現場リーダーをしていた河合浩次だった。

まず、フェイスブック上のベトナム人コミュニティグループを頼って仲介業者の寮に潜伏していたグエン・ヴァン・ドゥックが見つかり、ドゥックから事情を聞き出したことで真相が発覚したのだ。

二〇一三年八月二十九日の朝、寮の部屋で目を覚ましたドゥックは、タンの布団の上に遺書が置かれているのに気づいた。


〈お父さん、お母さん、ごめんなさい。

みなさんの期待を裏切ってしまい、本当に申し訳なく思っています。

日本に来て、わからないことばかりでした。

僕は騙されたんだろうか。僕は、何を間違えたんだろう。

自分の何がいけないのかもわからなかったし、どうして僕が困り、痛がり、苦しむのを見て、日本人が笑うのかもわからなかった。何がおかしい？　なぜ笑う？

もう嫌だ疲れたごめんなさい〉

震える文字で書かれ、最後はほとんど殴り書きのように荒れたベトナム語を見て、ドゥックは動転しながら事務所に向かったという。

とにかく早く誰かに相談しなければと思い——けれどまだ誰も出勤していなかった事務所へ行って更衣室のドアを開けた瞬間、ドゥックの目に飛び込んできたのは、シャワールームのドアノブに荷造り用の紐をくくりつけ、首を吊って死んでいるタンの姿だった。

ドゥックは慌てて紐を外し、タンに呼びかけた。けれど、タンの身体は冷たくなっていて、既に死んでいることは明らかだった。

この時点で、ようやくドゥックは自らの置かれている状況に気づいた。

このままでは、警察が来て、入管に見つかってしまう——

咄嗟にトラックに積まれていたハンガーボックスに遺体を隠したのは、上手く頭が働かず、座った状態のまま固まっている遺体が入りそうなのがそれしか見つからなかったからだ、とドゥックは供述している。

見つかってはならない。どうするかを考える時間を作らなければならない。

そして、とりあえず遺体を隠し終えた頃、河合浩次が出勤してきた。

ドゥックを当日のシフトに入っていたタンだと思い込み、早く準備しろと怒鳴りつけてきた河合に対し、ドゥックは何も言えず、ただ顔を伏せて従った。

そのまま仕事が始まり、細かなミスを連発してしまったドゥックは、何度も河合に怒鳴られ、蹴り飛ばされたそうだ。

それでも何とか一件目の作業を終え、二件目の荷積みをして荷下ろし先までトラックで移動する段になったとき、駐車場で河合に背中を蹴られたドゥックは車止めに額をぶつけ、ふらついた状態で荷台に乗せられた。

パラダイス引っ越しセンターのトラックの荷台は密閉構造になっており、危険性が高いため人員を乗せることは禁じられていたが、河合がタンやドゥックを荷台へ押し込むのは珍しいことではなかったらしい。この日もドゥックは、空調の効いていない真夏の荷台で四十分間を過ごすことになった。

ドゥックは朦朧《もうろう》とする意識の中で、自分たちは人間だと思われていないのだと悟ったという。だから、タンが自殺したことを知っても、この男が気に病むことはない。

ドゥックはタンの遺体をハンガーボックスから出して自分が座っていたスペースへ置き、ハンガーボックスに身を隠した。

取り調べを担当した捜査員に対し、ドゥックは「河合がやったことは人殺しなのだと思い知らせたかった」と語った。

ついさっきまで生きていて、自分が蹴り飛ばし、荷台に押し込んだ人間が死んでいるのを見つけたら、さすがにこの男も自分が殺してしまったのだと思うだろう。

どうせこの男は、自分たちの区別がついていないのだから、と。

ドゥックとしては、すぐに河合が警察か救急車を呼び、自分自身が見つかることも覚悟していたそうだ。

しかし、河合は警察も救急車も呼ばなかった。

ドゥックは、隠蔽を決めた河合がひとまず予定通り荷下ろしを始めた隙にハンガーボックスから出て、そのまま行方をくらませることにしたという。

その後、死体遺棄罪で起訴されたドゥックは有罪判決を受けて強制送還され、河合浩次は殺人罪と死体遺棄罪、暴行罪に問われ、懲役九年が言い渡された。


『もしもし、お父さん？』

妻の声がくぐもって聞こえた。

「ああ」

正太郎は、まだ現実に戻りきらない思考の中で、生返事をする。

『まあ何にしてもよかったわよね。本当に酷いパワハラがあったわけじゃなくて』

澄子は、すっかりそれが真相であると決まったような口ぶりで言った。

正太郎がこれから迎えに行く旨を話して通話を切ると、反動のような静寂が落ちる。

いつの間にか、電気をつけていない室内は薄暗くなっていた。

正太郎はウッドテラスに出て、箱に残った最後の一本の煙草に火をつける。

淡いグラデーションになった空へ向けて、細く長く煙を吐き出していく。

澄子の推測通りだったならいい、と静かに思った。

本当に傷つけられている者はどこにもおらず、トラックへ戻った二人が、今は普通に対等に話しているのなら。

だが、正太郎の頭からは、パラダイス引っ越しセンターでタンやドゥックと共に働きながら、引っ越し屋の仕事について「祭りみたいで楽しい」と言っていた樋口の言葉が離れなかった。そして――〈なぜ笑う？〉と書かれていたタンの遺書。

結局、捜査員の一人として関わっていたものの、正太郎自身はほとんど核心に触れられないまま終わった事件だった。

ドゥックの居場所を突き止めたのは、フェイスブックのベトナム人コミュニティグループを辿っていた班の方だし、河合浩次に聞き込みをしたのも、ドゥックから話を聞き出したのも他の人間だ。

ドゥックの供述は捜査報告書で読んだだけで、彼がどんな表情で、言葉で話していたのかを、正太郎が知ることはない。

それでも正太郎は四十代の頃、刑事課に配属されたばかりの後輩から、刑事に必要な素質は何か、という問いを投げかけられたことを思い出していた。

正太郎は数秒考えて、忍耐力かな、と答えた。どれだけ無駄骨を折ろうと心は折らないってことですか、と返され、なるほど上手い言い回しだと感心してから、だけどそれで折れたやつは見たことがないな、と苦笑した。

本当のところ、堪《こた》えたのは無意味よりも理不尽だった。

どんなクソな上司でも命令には従わなければならない。くだらないメンツを守るために守れなくなるものがある。

長く続けられるのは相当忍耐強い人間か、ある種の鈍感さを身につけた人間だけで、けれど完全に怒りや違和感や信念を手放してしまえば、もはや他人の怒りや違和感や信念も嗅ぎ分けられなくなる。

感銘を受けたようにうなずく後輩に居心地の悪さを感じ、まあ俺もそんな素質なんてないけどな、とはぐらかしたが、実際、その頃はパワハラなんて言葉は存在せず、上司から怒鳴られても、そういうものだとしか思っていなかった。

誰かが罵倒されている場に居合わせれば不快な気持ちにはなったものの、相手が自分より上の階級の人間である限り、口出ししようとはしなかった。

職場の飲み会で若い連中が一気飲みをさせられるのも、粗相をしたやつが全裸にさせられるのも、苦笑しながら止めなかった。

みんな、笑っていたからだ。

指先に鋭い痛みを感じて見下ろすと、煙草が根元まで燃えていた。正太郎は灰皿代わりの空き缶にねじ込み、指先についた灰をベストの裾で払う。

汚れが染みつくからやめるよう妻から言われていたのを思い出したが、暗さを増した空の下では、汚れているのかどうかよくわからなかった。

最善

妻が帰宅するなりつけたテレビは、妙に音量が大きく感じられた。

赤ん坊の激しい泣き声と、女性の甲高い叫び声。忙しなく動く駅員や救急隊員の周りで、顔にモザイクをかけられた野次馬のうちの何人かがスマートフォンを構えている。

視聴者提供の映像に続けて始まった再現VTRに、事件の概要を説明するアナウンスが重なった。画面が病院の駐車場に移り、憔悴《しょうすい》した様子の女性の横に〈突然の凶行に被害者は〉というテロップが表示される。

『七カ月健診に連れて行くところだったんです。出がけに授乳をしたら遅くなってしまって、一本でも電車を見送ったら間に合わなくなるから無理やり乗り込んで……でも、ずっと後悔しています。あんなに急がなければよかった。あの電車に乗らなかったらって……』

被害者は声を震わせ、ハンカチで口元を押さえた。

その虚ろな表情をアップで映したところで、パステルカラーを基調にしたポップなスタジオに切り替わる。

コメンテーターを務めるママタレントが、被害者よりも目を赤くしてカメラをにらみつけた。

『こういうのをたちの悪いいたずらだとか言う人がいますけど、そんな軽い言葉で片付けてほしくないですね。これは人殺しですよ』

『いや、亡くなってはいないですけども』

司会者が慌てたように訂正すると、『一歩間違えれば亡くなっていたって話です』と声を尖らせる。

『世間の母親に対する当たりの強さは異常ですよ。私だって、うちの子が小さいときにはベビーカーを蹴られたりしたし、妊婦だった頃だって――』

正太郎は、自らの体験を話し始めたママタレントから、テレビ画面をじっと見つめている妻の横顔へと視線を移した。

――なぜ、そんなに真剣に観ているのか。

三日前に起きた登戸《のぼりと》駅乳児転落事件は、今最もニュースやワイドショーで取り上げられている出来事だった。

事が起きたのは、九月二十四日午前八時過ぎ。生後七カ月の乳児が母親の抱っこ紐から転落し、頭を打って救急搬送された。

乳児は一命を取り留めたものの、頭蓋骨陥没骨折の重傷を負って今も入院中だという。

現場となったのはJR南武《なんぶ》線登戸駅の一番ホームで、被害者が降車したタイミングで乳児がホーム際に落ち、何者かによって抱っこ紐のバックルが外されていたことがわかった。

第一報が流れた際には正太郎も注目して観たニュースだったが、今や特に進展のない内容が繰り返されるばかりで、改めて観るほどの価値は感じない。なのに、なぜか妻は、まるで初めて観るニュースかのように意識を集中させている。

「どうした」

正太郎は、夕刊を畳みながら尋ねた。

「このニュース、そんなに気になるか」

「うん、ちょっと」

澄子は、顔を動かさずに曖昧にうなずく。

「何かあったのか」

今度は答えがなかった。

正太郎は小さく息を吐いて腰を上げ、キッチンへ向かう。電気ポットの電源を入れ、コーヒードリッパーにペーパーフィルターをセットしてから、再度テレビ画面を見やった。

『もちろん犯人がやったことは許されることではありませんけどね、これまでにも、実際に転落した赤ちゃんはいなかったとはいえ、同じような事件は何度も起こっていたわけでしょう。何の対策もせずにいたというのも、ちょっと母親として危機感が足りないような気がしますが』

もう一人のコメンテーターである元新聞記者の男性が、大仰に顔をしかめて言う。

『この番組でも繰り返し注意喚起はしていたじゃないですか。それでもまたこういうことが起こってしまったというのが残念です』

『そうやってすぐに母親を責めるのもどうなんですか。気をつけていたって防げないことくらいあるでしょう』

ママタレントが遮るように反論した。

『少なくともこの件に関しては、対策さえ講じていれば防げたことだと思いますよ。バックルを簡単には外せないようにする方法もあるんだし』

元新聞記者は、シナリオを感じさせる流れで言って、〈バックル外しへの対策〉と題されたフリップを立てた。

バックルにヘアゴムをひっかける、補助ハーネスを付ける、背中にバックルがない抱っこ紐を購入などの文字に、それぞれ図解したイラストが添えられている。

ママタレントが抱っこ紐を実際に着けて解説し、さらにバックルがないタイプの抱っこ紐を薦め始めると、まるでテレビショッピングのような構図になった。

正太郎はドリッパーに向き直り、ひとまず二人分の粉を入れてマグカップを用意する。

沸いたお湯を粉に回しかけたところで、ああ、孝則に教えてやるのか、と合点した。

息子夫婦のところには、もうすぐ初めての子どもが産まれる。そろそろ抱っこ紐の購入を考える頃合いだし、アドバイスをするつもりなのだろう。

コーヒーを淹《い》れ終えてリビングに戻ると、まだ同じ事件の報道が続いていた。

今度は、なぜ犯人が捕まっていないのか、という議題をパネルにまとめて解説するようだ。

「コーヒー、ここに置いておくぞ」

正太郎は澄子に声をかけ、ダイニングテーブルに着いた。

「ありがとう」

遅れた間合いで返事が来る。

正太郎はテレビと妻を交互に見て、どうした、ともう一度問いかけた。

「さっきから変じゃないか」

考えてみれば、帰ってきてすぐに澄子がテレビをつけるのも珍しいことだった。

今日はたしか、水口沙知《みずぐちさち》という年若い友人とランチに行ってきたはずだ。いつもの澄子ならば、よそゆきのテンションのまま、どんな話をしたかを事細かに話しているところだ。

「ちょっと待って」

澄子は有無を言わせぬ口調で言い、画面に身を乗り出した。

正太郎もつられて、テレビを見る。

『捜査が難航している原因として挙げられているのは、まず、首都圏有数の混雑率だとされる南武線が、事件当時も一九〇パーセントを超える乗車率だったことです』

司会のアナウンサーが、パネルを棒で指しながら言った。

『また、通勤電車では毎日同じ時間の電車に乗る人が多いものですが、この日はダイヤに乱れが発生して、乗客の顔ぶれがいつもと異なっていました』

被害者の母親が津田山《つだやま》駅から二号車の先頭に乗車し、ドア横のいわゆる「狛犬ポジション」と言われるスペースを確保していたこと、途中の停車駅で彼女がいた側のドアが開いて他の乗客が乗り降りした際もその場を動かずにいたため、彼女の背後を通り過ぎたと思われる人数が膨れ上がっているのだという話が、イメージ映像を交えて説明される。

『さらに被害者の女性は、子どもが押し潰されないように両腕で子どもの頭と背中をガードし続けていたそうなんですね。それで、いつバックルを外されたのかもわからない、と』

——この話が何だというのだろう。

正太郎は、抱っこ紐の話のときよりもさらに集中している様子の澄子を見る。

『そしてもう一つの原因が、電車が登戸駅に到着する直前、同じ車両の反対側のドア付近で痴漢騒ぎが起きたことでした。被害者の女子高校生が声を上げて被疑者と言い争いを始め、乗客の注目がそちらに集中していたため、降車直前の母子を目撃していた者がなかなか出てこないというのです』

目撃情報を受け付ける警察の窓口を紹介して次のニュースへ移ると、ようやく澄子が詰めていた息を吐いた。

「ごめんなさい、改めてちゃんと見ておきたくて」

「この事件がどうかしたのか?」

「この事件っていうか、痴漢事件の方」

澄子はテレビを指さし、正太郎を向いて言った。

「沙知ちゃんの旦那さんが、この痴漢事件の容疑者として逮捕されちゃったらしいの」

澄子が新しい友達ができたと声を弾ませていたのは、正太郎が神奈川県警を定年退職した頃のことだった。

退職記念のスペイン旅行をきっかけに英会話教室に入った澄子が、レッスンでペアを組むことになったのが沙知だった。二人はレッスン後に食事に行くうちに美術館巡りという共通の趣味があることがわかり、やがてレッスンの日以外にも誘い合って様々な企画展に行くようになったらしい。

仲が良い母娘みたいだなと正太郎が言うと、澄子はそうじゃないのよ、と焦《じ》れったそうな顔をした。沙知ちゃんはきちんと自分を持っていて行動力があって、と常になく熱心に語り、途中ではしゃいでいる自分に照れくさくなったように笑った。沙知ちゃんと会うと若返っちゃうのよねえ——

「すぐに釈放されて帰ってきたそうなんだけど、沙知ちゃん、すごく動揺しちゃってて」

澄子がテレビを消しながらため息をつく。

「なら否認事件じゃないな」

正太郎は髭が伸び始めている顎を撫でた。

被疑者が否認していれば、勾留が長引くことが多い。逮捕後すぐに釈放されるのは大抵の場合、初犯、身元がしっかりしていて逃亡の恐れがない、きちんと罪を認めていて反省が見られるなどの条件を満たしているケースだ。

ええ、と澄子がうなずいた。

「きちんと先方に謝罪もして、もう示談が成立する流れになっているって。不起訴になるから心配いらないって弁護士の先生にも説明されたみたい。でも、先生が帰った後に、旦那さんが本当はやってないんだって言い始めたらしくて」

「ほう」

正太郎は相槌を打つに留める。

まあ、配偶者に対してはそう主張するものなのだろう。本当に痴漢したとなれば、離婚を切り出されたとしても文句は言えない。

「旦那さんの話では、仕事に行くために武蔵溝《むさしみぞ》ノ口《くち》からいつもの電車に乗っていたら、登戸に着く直前でいきなり知らない女の子から手首をつかまれて痴漢だって言われたそうなの。吊り革がない位置にいて手を上げ続けていられなかったから、もしかしたら揺れたタイミングで一瞬手が当たったってことくらいはあるかもしれないけど、女の子は武蔵溝ノ口からずっと触ってたって言ってるから一〇〇パーセント俺じゃない、人違いだって」

「なのに認めてしまったと?」

「最初はちゃんと否定したらしいのよ。女の子が騒ぎ出したとき、隣にいた男が慌てた感じで離れようとし始めたらしくて、明らかに怪しいから咄嗟にその人の腕をつかんで、こいつじゃないかって」

「ちょっと待て」

正太郎は手を上げて澄子を制した。

「それは、真犯人と思われる人間を捕まえたってことじゃないのか。なのにどうして旦那さんが容疑を認めた話になってるんだ」

「言い争っているうちに登戸駅に着いて、とりあえず三人とも降りて駅員室に連れて行かれたんだけど、その怪しい男が逃げちゃったのよ」

「逃げた？」

正太郎は片眉を吊り上げる。

「駅員の手を振り払って逃走したのか？」

「ううん、駅員室までは一緒に行ったんだけど、ちょうどこの赤ちゃんの事件が起きて駅員さんもバタバタしてて、駅員室に人がいなくなったタイミングがあったんだって」

澄子がテレビを指さした。正太郎は、ああ、と低く唸る。

痴漢事件が起きたせいで転落事件の目撃者が減り、転落事件が起きたせいで痴漢事件の被疑者が逃げてしまった――そう考えると、どちらの事件にとっても間が悪かったとしか言いようがない。

「駅員が女の子を別室に案内している間に、痴漢の男がお茶をこぼして手を火傷したって騒ぎ始めて、旦那さんがハンカチを探している隙に駅員室を出て行ってしまったらしいの」

「旦那さんが本当のことを言っているとすれば、状況的にはその男が相当怪しいが」

正太郎は首をひねった。

「それでも旦那さんが容疑を認めたってことは、何か物的証拠が出たとか？」

「物的証拠？」

「ＤＮＡ鑑定や繊維鑑定だよ。痴漢をした場合、手に被害者の体液や衣服の繊維が付着していることがある」

「ああ、そういうのは検出されなかったらしいんだけど」

ふむ、と正太郎は顎を引く。

「旦那さんは、やったって言わないと帰してもらえないから、仕方なく認めたんだっていうのよ。何日も会社を休まなきゃいけないことになるのは困る、否認したまま万一起訴されたら九九パーセント有罪にされる、迷惑防止条例違反なら示談にできれば不起訴で済むからって」

「物的証拠がない以上、どちらにしても嫌疑《けんぎ》不十分で不起訴になる可能性が高かったんじゃないか」

本当にやっていなかったのなら、被害者が仕組んだのでもない限り、容疑を裏付ける第三者の目撃証言は出てこないだろう。

容疑を認めた上で不起訴に持っていくよりは時間がかかっただろうが、その方が最終的にはすっきりしたはずだ。

「沙知ちゃんの旦那さんが言うには、警察の人がかなり威圧的だったそうなの」

澄子は若干話しづらそうに言った。

「おまえがやったんだろう、これで証拠や目撃証言が出たら嘘をついていた分だけ罪が重くなるぞって何度も言われたって。……真犯人を逃したってことになったら責任問題になるから、残った方に犯人でいてほしかったのかもしれないけど」

「被疑者の逃走を許してしまったのは駅員だろう。それなら警察の責任問題になるわけでもないし、何が何でも彼を犯人に仕立て上げたかったわけでもないと思うが」

とはいえ、容疑を認めてしまった気持ちはわからないでもない。

とにかく早く釈放されたい、このまま冤罪が成立してしまったらどうしようという思いから、不当な濡れ衣であっても嘘の自白をしてしまう人は少なくないのだ。

過去には、被害者である女の子の仲間が後から出てきて嘘の証言をし、無実の男性を犯人に仕立て上げたというケースも実際にあった。

「旦那さんは、弁護士が来るのを待たずに供述調書にサインしてしまった自分が悪いんだし、もうこのままやり過ごすしかない、とにかく起訴さえされなければなかったことになるんだからって言ってるみたい。だけど沙知ちゃんは、ちゃんと事実をはっきりさせたいって」

正太郎はコーヒーを口に含み、まとめて飲み下した。

――どうしたものか。

容疑を認める供述調書にサインをしてしまった以上、今から覆《くつがえ》すのは難しい。物的証拠はないにしても、裁判においては供述調書自体が証拠として採用されてしまうからだ。

しかも、被疑者が罪を認めていて不起訴になる見込みが高い事件となると、おそらく型通りの捜査しか行われないだろう。

「迷惑防止条例違反ということは担当は生活安全課だが、今は転落事件の方に捜査人員が引っ張られているだろうしなあ」

「やっぱりそうなの？」

「それに一度逃げきった男を運良く見つけることができたとしても、物的証拠を取るのはほぼ不可能だろう」

第三者の目撃証言が取れれば覆せる見込みも出てくるものの、証言が取れなかった場合、できることと言えば、被害者と被疑者の証言を精査し、武蔵溝ノ口から津田山、久地《くじ》、宿河原《しゆくがわら》、登戸と、南武線が進む間の両者の位置関係や体勢、駅ホームの防犯カメラ映像などを擦り合わせて整合性を確認していくことくらいしかない。

「何より、警察にまともな捜査をさせるには、被疑者が否認に転じる必要がある。そうなると、示談にして不起訴という彼女の夫のシナリオは成立しなくなるぞ」

「その場合、どうなるの？」

「最悪、起訴されて有罪判決を食らうことになるな」

澄子は、歯の詰め物が取れたときのような顔をした。

正太郎はコーヒーに目を落とす。

「まあ俺も、その逃げた男のことは気にかかるが」

自分が事件の担当者なら、きちんと捜査をさせてほしいと上司に申し出ているだろう。だが、被疑者が澄子の友人の夫だとなると、容疑が覆せなかった場合のリスクも無視できない。

「とりあえず、彼女にはリスクがあることを説明しておいた方がいいだろうな。よくわかってない状態のまま旦那さんが否認に転じたら、後悔することになりかねない」

澄子はマグカップに口をつけた。けれど飲まないままにテーブルに戻す。

「それ、あなたから説明してもらえない？」

正太郎はぎょっとして身を引いた。

「何を言ってるんだ。いきなり俺が出ていったら変だろう」

「でも、私じゃ上手く説明できそうにないし」

「彼女だって、おまえを信頼しているからそんなデリケートな話を打ち明けたんだろう。いくら夫相手でも勝手に話されたとなったら」

「実は沙知ちゃんから頼まれたの」

澄子が、正太郎を遮って言う。

「元刑事のあなたに力になってもらえないかって」


喫茶店に現れたのは、妻の話で抱いていたイメージよりも背が高く、落ち着いた印象の女性だった。

白いシャツと辛子《からし》色のスカートにベージュのパンプスを合わせ、「お忙しいところすみません」とピンと伸ばした背を倒すようにしてお辞儀をする。

正太郎と澄子がアイスコーヒーを頼むと、沙知はちょっと胃が荒れているので、と言ってホットミルクティーを注文した。

正太郎は店員が離れていくのを待ってから、「話は聞きました」と切り出す。

「まずお伝えしておいた方がいいだろうと思ったのは、今回の件について警察にきちんと捜査してもらうためには、旦那さんが容疑を否認しなければならないということです。もし、それで別に犯人がいるという証拠が見つからなければ、旦那さんは被疑者として起訴されてしまう可能性があります」

「……そうなんですよね」

沙知は、ティーカップを両手で包み込んで目を伏せた。

「大事《おおごと》にしないためには、夫の言う通り、このまま泣き寝入りした方がいいと思うんです。……だけど正直、夫の話を完全には信じきれないところもあって」

正太郎は、沙知の顔をじっと見る。

――夫の無実を証明したくて相談してきたわけではないのか？

「ご主人が、本当にやったのかもしれないと？」

念のため、痴漢、という単語は使わずに尋ねると、沙知は「夫は痴漢をするような人ではありません」とはっきり答えた。

「でも、あの人が気が動転してサインしちゃったっていうのが、どうしてもピンと来なくて。私はトラブルに弱くて、すぐパニックになっちゃう方なんですけど、夫はいつも冷静で、最善の手は何かってことを考えられる人なんです。そんな人が、いくら刑事さんに脅されたからって、嘘の供述調書にサインなんかしちゃうかなって……」

「なるほど」

「それに、夫から話を聞いた後、いろいろ痴漢についてネットで調べているうちに、ふと、夫が迷惑防止条例違反なら示談にできれば不起訴になるって言ったことに引っかかったんです。――どうして夫は、今回の事件が強制わいせつ罪じゃなくて迷惑防止条例違反だってわかったんだろうって」

正太郎は二回まばたきをする。

――そう言えば、そうだ。

ひと口に痴漢と言っても、衣服越しに身体を触るのと、下着に手を入れて直《じか》に性器に触れるのとでは、罪状が大きく異なる。

「いきなり知らない女の子から手をつかまれて痴漢だって言われて驚いたんだとしたら、彼女が何をされていたのかわからないはずですよね？　なのに、迷惑防止条例違反だとわかったってことは、少なくとも彼女が痴漢に遭っているところは見ていたんじゃないかって……」

「それは、旦那さんには？」

「聞きました。そしたら、本当は彼女が痴漢に遭っていることには気づいていたけど、服の上から触っているだけだし勘違いだったら大変だからしばらく様子を見ていたって……だから逃げた男が犯人なのは間違いないって言うんですけど、この人は私が問い詰めなかったら本当のことは話さなかったんだって思ったら、何か他にもごまかそうとしていることがあるんじゃないかって不安になってきて……」

「たしかに、少し言い訳がましい気もしますが」

「夫は、正しい人なんです」

うつむきがちだった沙知が、初めて正面から正太郎を見た。

「私と夫は元々職場の同僚なんですけど、まだ付き合ってもいなかった頃、取引先の偉い人が飲み会の席で肩を抱いてきたり、男性経験について聞いてきたりしたことがあったんです。嫌がったら怒らせてしまいそうだし、適当に笑いながら受け流してたんですけど……そのとき夫が、それセクハラですよってはっきり言ってくれて」

正太郎は、思わずぎくりとする。

自分が今の話のような場に居合わせたとして、彼女の夫のように振る舞えたかというと怪しいだろう。彼女が嫌がる様子を見せていたらともかく、一緒に笑っていたのなら、そもそもセクハラだと気づけたかも心もとない。

「案の定、その人は不機嫌になって契約も切られてしまいました。でも、謝って丸く事を収めろと上司から言われても、夫は謝らなかったんです。ああいう、人に不快な思いをさせるやつは許せないんだって、上司にも毅然《きぜん》と説明してくれて」

沙知は、わずかに緩めていた頬を再び強張らせた。

「夫は痴漢なんてする人じゃないけど、やってもいない罪を認めるような人でもないんです」

薄っぺらいおしぼりをぎゅっと握りしめる。

「だからせめて、その逃げた男のことを見つけて話を聞けないかと思って」

正太郎は小さく唸った。

ようやく、彼女が自分を頼ってきた理由がわかった。

元刑事としての経験を使って逃げた男を捜し出せないか、という相談なのだろう。

「先に断っておきたいんですが」

正太郎は、手のひらについた水滴をおしぼりで拭った。

「まず、私はもう刑事ではないので捜査権限がありません」

「それはわかってるわよ」

澄子がすかさずうなずく。

「逃げた男を見つけたところでそいつが罪を認めるとは思えないし、あなたの旦那さんが本当に痴漢をしていないのかどうかは判断がつかないでしょう」

「それもわかっています」

今度は沙知が答えた。

「立証まではできなくていいんです。夫の言う通りの状況で逃げ出した男が本当にいるなら、誰が見てもその男が怪しいでしょう？　だからそれさえわかったら、もうこれ以上考えるのはやめて、夫を信じることにしようと思うんです」

先ほどまでよりも、力が戻った声だった。

正太郎は胸の前で腕を組む。

警察からすれば、起訴までもっていけるかどうか、というところにはっきりとした線がある。しかし、家族にとってはたとえ起訴されなくても、疑惑があること自体が問題なのだ。今回のように無実を完全に証明することが難しいとなると、別の線引きを必要とする気持ちは、理解できなくもない。

「ただ現実問題として、今の我々の立場では防犯カメラの映像を確認することもできない。そもそも男が逃げたのが駅員に身分証を提示する前だったとしたら、男を捜し出すのは不可能に近いでしょう」

正太郎は前半は澄子に、後半は沙知に視線を向けながら言った。

「少なくとも、その男の顔を知っている旦那さんの協力がなければ無理な話です」

「身分証を出した後だったら?」

「警察とやり取りをしている旦那さんの弁護士なら、男の連絡先を知っているかもしれませんが、その場合でも、弁護士があなたに男の情報を教えてくれるかとなると微妙なところだと思います。依頼人はあくまでも旦那さんですし、旦那さんはとにかく早く示談にして事を収めるのを望んでいるんだから」

おそらく教えないだろうと、正太郎は思う。

彼女が勝手に男に連絡を取って、もしそれが検察側や被害者側に知られたりしたら、反省の色が見られないとして不起訴処分に持っていくことが難しくなるかもしれない。

「だったら……」

言いかけた澄子が、不自然に口を噤《つぐ》んだ。

その素振りで、正太郎は妻が何を言いかけたのかを察する。

刑事時代のツテを使って、警察から情報を引き出せないかと言いたいのだろう。だが、元刑事とは言え、今は一般市民に過ぎない相手に捜査情報を漏らしたことがバレたら、そいつは懲戒処分の対象になる。

しかも、事はプライバシーの侵害が特に問題にされる痴漢事件なのだ。

「どうしてもその男について知りたいなら、やはり旦那さんに聞いてみるしかないと思いますよ」

正太郎の言葉に、沙知は唇を引き結んだ。

――ここであきらめるのが、一番リスクがないはずだ。

正太郎は、自分に言い聞かせた。真相を突き止められる確証がない以上、リスクを負うのは割に合わない――

だが、沙知は「わかりました」と言って鞄を引き寄せた。

「じゃあ、夫に聞いてきます」

スマートフォンを取り出して席を立つ。「ちょっと失礼します」と会釈をして、喫茶店を出て行った。

正太郎と澄子は、顔を見合わせる。

「……沙知ちゃん、行動力があるから」

「そうみたいだな」

なんとなく二人とも前に向き直り、氷の溶けたアイスコーヒーを飲んだ。

少しして、澄子が電話をしている沙知の姿をガラス越しに確認した。正太郎に顔を近づけ、

「さっきの話なんだけど」と声のトーンを落とす。

「さっきの話?」

「沙知ちゃんがセクハラに遭った話」

ああ、とうなずくと、澄子はアイスコーヒーをストローでカラカラと混ぜた。

「前に沙知ちゃんと、沙知ちゃんの同僚の菜々子《ななこ》ちゃんって子と一緒に展覧会に行ったときにも同じ話が出たことがあるの。沙知ちゃんが席を外したタイミングで、菜々子ちゃんから本当のことを話した方がいいかって相談されて」

「本当のこと?」

正太郎は澄子を見る。

「沙知ちゃんの話では、旦那さんは沙知ちゃんのためにセクハラを止めてくれて、そのせいで契約を切られてしまったって流れだったけど……菜々子ちゃんが言うには、実は旦那さんはその偉い人じゃなくて担当者の方とトラブってて、そもそも契約を切られそうになっていたらしいのよ」

「……セクハラの話はいい口実だったってことか?」

「社内の何人かは、そう思っているみたい」

澄子は複雑そうな表情でうなずいた。

「でも、あえて本人に聞かせる話でもないでしょう？　きっかけが何であれ、もう結婚までしているんだし、そんなこと聞かされたって嫌な気持ちになるだけじゃない」

「まあ、そうだな」

結婚しているからこそ、開けない方がいい箱というのはある。

「だから今回のことも、あんまり考えすぎない方がいいんじゃないかしらって言ったのよ。どうせ信じていることにするしかないんだから」

澄子はため息混じりにつぶやき、沙知ちゃんは若いからねえ、とことさらに年寄りじみた口調で続けた。

「沙知ちゃんから旦那さんの話を聞く限り、正義感が強い人であることはたしかなのよ。歩き煙草をしてる人とか、列に横入りする人とかにもよく怒ってるらしいし……正直ちょっと面倒くさいくらい真面目な、」

唐突に、澄子が言葉を止めた。

出入り口を見やると、沙知が店内に戻ってくるところだった。足早に席に着き、正太郎と妻の前にメモ帳を差し出す。

「逃げた男が駅員に名刺を渡していたことがわかりました。名刺にあった名前は、和光松フーズの野田《のだ》一志《かずし》」

え、と聞き返したのは澄子だった。

「旦那さん、教えてくれたの?」

「本当にそんな人いたのってふっかけてみたんです。あなたはその人が犯人だって言ってるけど、せめてどこの誰なのかわからないと信じられないって」

沙知は事もなげな顔で答え、「あなたが知らないなら弁護士の先生に聞くって言ったら、渋々教えてくれました」と続ける。

「ただ、夫が言うには、この人は逃げた人じゃないらしいんです」

「どういうこと?」

「他人の名刺を置いていったんですよ」

澄子を向き、メモ帳から手を離す。

「名刺入れに入っていた他の人の名刺を出して、野田さんって人のふりをしていたんです。一応警察がその名刺の人に会いに行ったらしいんですけど、野田さんは事件の時間もう職場にいて、勝手に名刺を使われただけだとすぐわかったって」

「最低ね」

澄子は顔をしかめたが、正太郎はよくある話だなと思った。

その逃げた男が悪質なのは無論だが、受け取った駅員側の落ち度でもあるだろう。被疑者が身分証を持っていないからと名刺を出してきたら、せめて複数枚あるかを確認すべきだ。

「だけど、名刺入れに入っていたってことは名刺交換をしたわけだし、この野田さんに会いに行って最近名刺を交換した人について聞けば、逃げた男のことがわかるかもしれませんよね？」

「警察が既に突き止めているなら、弁護士から問い合わせることもできるだろうが」

「警察はそこまでは調べてくれなかったって」

「ああ」

考えてみれば、被害者は彼女の夫が犯人だと主張していて、その夫が容疑を認めている以上、警察としては手間暇かけてもう一人を捜し出す必然性はない。

「でも、やっぱりどう考えてもこの、人の名刺を置いていった人が怪しいと思うんです。逃げる前にお茶をこぼしたって話だったけど、よく聞いたら、指を洗おうとしていたって言うし」

「指を洗った？」

「駅員が席を外して二人きりになった途端、いきなり鞄からマイボトルを出して指を突っ込んだんだそうです。夫もそのときは何をしているんだかわからなかったけど、後で手の検査をされて、あれは証拠隠滅のためだったんだって気づいたって」

「それは警察には？」

「話したけど聞いてくれなかったって言ってました」

正太郎は、眉根を寄せる。

そこまであからさまに怪しい挙動をしていた男を放置しているのだとしたら、さすがに警察の怠慢だ。

「ちょっと見せてください」

正太郎はメモ帳を受け取り、急いで書いたことがわかるのに十分に整った文字を見つめた。

〈和光松フーズ　営業一課　野田一志〉

自分のスマートフォンをポケットから取り出して、企業名を入れて検索する。

「横浜に本社がある会社のようですね。チェーンのスーパーをいくつか展開しているようなので、本社勤務とは限りませんが」

「あ、向《むこう》ヶ丘遊園《おかゆうえん》のスーパーで店長をやっているそうです」

沙知がメモ帳をめくった。

「通勤は車だし、絶対に痴漢なんてしていないって。あと、スーパーの店長さんって意外にいろんな人と名刺交換する機会があるそうで、なかなか勝手に使った人が絞り込めないらしくて」

「ん？」

正太郎は顔を上げる。

「それは誰から」

「今さっき、夫との電話を切った後、この野田さんに電話して聞きました」

思わず妻に顔を向けると、澄子は正太郎ほどには驚いていないようで「さすが沙知ちゃんねえ」と感嘆している。

「野田さんも今回の件にはかなり怒っているようで、犯人を見つけたいんだって言ってました。今日はもうすぐ上がる時間だから、お店まで来てもらえれば最近名刺交換した人の名刺も見せられるって」

「今日？」

「はい、早い方がいいと思ったので」

淡々と答えながらスマートフォンを見下ろし、「十七時半頃にお店にうかがうことにしました」

と続けた。

メモ帳を鞄にしまい、真っ直ぐな目を正太郎に向ける。

「もしよかったら、一緒に来ていただけませんか？」


向ヶ丘遊園駅の南口では、大学生らしきグループがはしゃぎ声を上げているのが目についた。どこかで花火大会でもあるのか、女の子は浴衣姿で、男の子は甚平を着ている。

正太郎は、そう言えばこの辺りには専修大学のキャンパスがあったな、と考えながら、バスロータリーの周囲に細々と並んだファストフード店や居酒屋、書店や惣菜店や不動産屋をぐるりと見渡した。

脳内で地図と照らし合わせ、南口を出てすぐのスーパーの横を通って府中街道方面へ向かう。

まず駐車場の看板が見え、続いて目的地のスーパーが現れた。

駅からは少し離れているが、車での来店がしやすい立地なためか、予想以上に賑わっている。

「ちょうど夕飯の買い出しをする時間帯だな」

正太郎は腕時計を確認した。

沙知は忙しなく周囲を見回している。搬入口の方へと向かうと、積み重なった段ボール箱の間から水色のポロシャツにチノパンを合わせた男性が出てきた。

二十代半ばくらい――線が細く、駅前にいた大学生らしき集団にも違和感なく溶け込めそうな外見だ。

「水口さん、ですか？」

「あ、はい。すみません、お仕事中に」

野田は「いや、今日は元々自分は休みで発注確認に来てただけなんで……」と言いかけ、正太郎に目を向けた。

「えっと、お父様ですか？」

「いえ、私は」

「今回の件で相談に乗っていただいている方です」

沙知の短い説明に、野田は一瞬戸惑った顔をしたものの、「狭い上に散らかってますけど」と断って八畳ほどの事務所に正太郎たちを通した。

奥の壁には分厚いファイルが詰め込まれた棚、もう一面の壁にはデスクトップパソコンとチラシと書類で雑然とした事務机が置かれている。残った細長いスペースに長机とパイプ椅子が並べられており、窓がないからか実際の狭さ以上に圧迫感がある。

「ご主人はお仕事とか支障ありませんか？　こんなことに巻き込まれて、僕もあれですけど、水口さんのご主人の方が災難ですよね」

野田はペットボトルのお茶を出しながら、まず見舞いの言葉を口にした。

――野田は、彼女の夫が容疑を認めたことについては知らないのか。

沙知は、ええ、と曖昧にうなずき、「野田さんは大丈夫ですか」と尋ね返す。野田は「いや大丈夫っちゃ大丈夫ですけど」と言ってから、「まあ最悪な気分ではありますよね」と続けた。

「いきなり警察が店に来て通勤定期を出せなんて言われて、びっくりしたなんてもんじゃないですよ。万引き犯を捕まえたときとかで警察のお世話になることはこれまでもありましたけど、自分が疑われるなんて初めてですし」

おそらく、職場の人間や知り合いに何度か話していることなのだろう。愚痴というよりもネタにしている感じのトーンだ。

「それで、最近名刺交換した人の名刺を見せてほしいって話でしたよね」

野田は事務机から輪ゴムでくくられた名刺の束を取り出し、長机の上に広げた。正太郎はすばやく視線を滑らせる。

――ざっと三十枚はある。

「ここ数カ月の間に交換したものです。それぞれいつ交換したのかは思い出せないんですけど」

「いや、どちらにしても名刺交換をしたのが直近とは限らないので、変に絞り込みすぎない方がいいでしょう」

「でも、相手は名刺入れに僕の名刺を入れていたんですよね？」

「それほど名刺交換をする機会がない人だと名刺入れを整理する機会も少ないでしょうし、かなり前に交換したものが入っている可能性もありますから」

「ああ、そうか」

野田は納得したようにうなずいた。

「警察は心当たりを聞いてきませんでしたか」

「心当たり？」

「名刺を置いていった男の年齢とか、服装とか」

まずは年齢から絞り込むのが早い。そして次に、通勤時の服装から職種を割り出そうとするだろう。

「ああ、二、三十代の男で、スーツ姿だったって言ってましたけど」

野田は答え、でも、と続ける。

「うちの取引先の営業さんって、そんな人ばっかりなんですよね」

「何人くらいですか？」

「これ、全部です」

野田は名刺を指さした。

「警察の人が写真を撮っていったやつをまとめておいたんで」

なるほど、と正太郎は頬をさすった。これだけあると、さすがに今の立場で一人ずつ調べて回るのは無理だ。

「警察は、他には何か言っていませんでしたか？」

「んーどうかなあ。これを撮って帰って、その後は特に連絡がないので」

――やはり、これ以上突っ込んだ捜査はするつもりがないということか。

刑事ならば全員の住所を調べて南武線の利用者を割り出すことも、当日の交通系ＩＣカードの利用履歴を照会することも可能だが――

「なんか、やる気はなさそうでしたよ。写真を撮っていったのも一応って感じだったし」

野田は深くため息をつく。

「なんでちゃんと調べてくれないのかなあ」

正太郎はペットボトルの蓋を開け、お茶を喉に流し込んだ。冷えた液体が食道を落ちていくのを感じて、落ち着かない気分になる。

――彼女の夫が容疑を認めていることを知らない野田からすれば、さぞ腑に落ちないことだろう。

彼女の夫が被害者に謝罪をして示談を進めていると知っている自分ですら、納得がいかないのだから。

なぜ警察は、明らかに証拠隠滅をしようとしていたと思われる男を追おうとしないのか。

いくら不起訴に終わる可能性が高いとはいえ、火傷をしてまでマイボトルに指を突っ込むなんて、どう考えても不自然なのに――そこでふと、正太郎はひねっていた首を戻した。

「どうして熱い飲み物を持っていたのか」

「え？」

野田がきょとんとした顔をする。

正太郎は、いえ、と答えながらすばやく思考を整理した。

「彼女の旦那さんの話では、逃げた男はマイボトルのお茶で指先を洗おうとしていたそうなんです。おそらく痴漢行為の証拠隠滅のためだと思うんですが……そもそも、なぜこの暑い時期に熱い飲み物を持ち歩いていたのかな、と」

「ほんとだ」

沙知が目をしばたたかせる。

「たしかに変ですよね。あの日なんて三十度もあったのに……体調でも悪かったのかしら」

胃の辺りを撫でさすった。

「あるいは、冷房が効いている部屋で仕事をする人なら、夏でも温かい飲み物を飲みたいということもあるかもしれないが」

「あ！」

野田が突然立ち上がる。

飛びつくように事務机に駆け寄り、ファイルを開いて忙しなくめくり始めた。なんとなく言葉を挟めずに見守っていると、十秒ほどで戻ってきて長机にファイルを置く。

「これ、この人。物流会社の人なんですけど、冷凍倉庫に入って作業するらしいんですよ」

正太郎は身を乗り出して名刺を覗き込んだ。

〈船江物流倉庫　営業部　宇井吾朗《ういごろう》〉

会社の所在地は大和《やまと》市だから、南武線の下り方面に乗っていたこととは合わないが、営業ならば出先に直行しようとしていたということもありうる。

だが、野田は「あ、でも」と声のトーンを落とした。

「何か？」

「いや、あの……そう言えば、ここの会社の人はいつも作業服でした」

「日中は作業服でも、出勤時はスーツかもしれませんよ」

野田は、記憶を探るように左上を見る。数秒して、すみません、と目を伏せた。

「そもそも宇井さんは五十代でした……」

再び野田は名刺に手を伸ばし、寒いところ、寒いところ、とつぶやきながら手を動かしていく。

少しして、野田の手が止まった。視線を上げると、野田は呆然とした顔をしている。

「野田さん？」

野田は動かない。

「どうしました？」

重ねて尋ねると、肩を小さく跳ねさせる。

「……たぶん違うと思うんですけど」

「当てはまりそうな人がいましたか」

野田は、なかなか話し出そうとしなかった。

無表情のまま再び残りの名刺を動かし、忙しなくまばたきをする。

——これは、何かある。

正太郎は、野田が手を止めた際に見ていた名刺を指さした。

〈システムエンジニア　米村基晴《よねむらもとはる》〉

「この方ですか」

野田は視線を巡らせる。

「いや、こいつは高校時代の友達で……最近転職した米村があんまり名刺を出す機会がないって言うから、みんなでふざけて交換し合ったやつで……」

——高校時代の友達。

「気になることがあったんですね？」

正太郎は、静かに促す。

「前に飲んだとき、米村がサーバールームってすげえ寒いから、熱い飲み物でもないとやってらんないって言ってたなって」

野田は口元を手で覆ったまま、くぐもった声で言った。

「でも、あいつは痴漢なんかするようなやつじゃないし……」

「米村さんがまだ野田さんの名刺を持っていたら、この方ではないことがわかりますよ」

正太郎が言葉をかけると、パッと弾かれたように顔を上げる。

「そっか、そうですよね」

既に米村への疑いが晴れたかのように顔に安堵を浮かべ、スマートフォンを手に取った。

すぐに電話に出たらしい旧友に突然電話したことを詫び、どこか引きつった笑顔を浮かべて「俺の名刺、おまえまだ持ってる？」と尋ねる。

数秒して、その頬から力が落ちた。重力に負けたように唇の端が下がっていく。

正太郎は、視線を手元に落とした。

口の中にべたついた苦味を感じて、ペットボトルの蓋を開ける。勢いよくあおると、先ほどよりもわずかにぬるくなったお茶が、喉の奥で引っかかるような感じがした。

——自分たちが動くことさえなければ、彼は自分の名刺を悪用した痴漢の正体がわからない気持ち悪さを抱えながらも、少しずつ忘れる方向へ向かっていただろう。

だが、これで彼は、友人に裏切られたことを知ってしまった。

野田は、もはや何も言わずに宙を見つめていた。

スマートフォンから漏れ出る声だけが、狭い事務所内に響く。

沙知の顔を横目で見ると、沙知は困惑した表情を作っていた。けれど、作っているとわかるほどには、頬に安堵が滲み出ている。

彼女からすれば、逃げた男について調べるために動いたことは、混じり気なく正解だったのだろう。

少なくとも、これで彼女の中の夫への痴漢容疑は晴れたのだから。

正太郎はポケットに手を伸ばして止め、太腿の上を指先で叩く。

煙草が吸いたい、と無性に思った。

野田から指定されたのは、町田駅前のカラオケボックスだった。

汗を拭いたハンカチをスラックスのポケットに戻してから四〇二号室の前に立つと、のぞき窓越しに野田と目が合った。

正太郎がドアを開けるのと同時に、野田ともう一人の男性が立ち上がる。

――これが、痴漢事件の犯人か。

米村は、最初に会ったときに大学生のようだと感じた野田よりも、さらに幼い印象があった。Tシャツにジーンズにスニーカー、セットされていない黒髪には寝癖がついている。

野田は促すように米村を見たが、米村は顔を上げようとはしなかった。額に落ちた長い前髪で表情を隠したまま、じっと黙り込んでいる。

隣の部屋からは、耳慣れないポップソングを歌う声が漏れ聞こえていた。裏声で何かを早口に言っているようだが、歌詞はよく聞き取れない。

「米村」

痺《しび》れを切らしたように、野田が米村を肘でつついた。

米村はびくりと肩を跳ねさせ、あ、あの、とかすれた声を出す。

「このたびは、申し訳ありませんでした」

深く腰を折って頭を下げた米村を、沙知は居心地が悪そうに見下ろした。

「いえ、私はちゃんと自首してくれるのならそれで……」

再び沈黙が落ちる。

仕方なく正太郎が「とりあえず座りましょうか」とソファを向くと、三人は無言で従った。

所々が剝げた黒い合皮のソファの奥に沙知と並んで座り、野田と米村とテーブル越しに向かい合う形になる。

「米村さんは、この後警察署に出頭するつもりだとうかがいましたが」

正太郎は、できるだけ重々しい声音にならないように意識しながら切り出した。

だが、身を縮めたまま固まっている米村から野田へと視線を動かした途端、強い違和感を覚える。

野田は、沙知をにらみつけていた。

——この表情は何だ。

沙知へ顔を向けると、沙知も戸惑ったように視線をさまよわせている。

野田は「米村」と低い声を出した。

「おまえが言わないなら俺が言うけど」

米村は答えない。野田はため息をつき、沙知に向き直った。

「こいつが言うには、水口さんの旦那さんに逃げるように言われたらしいんですよ」

「え？」

沙知は目を見開く。

「うちの人が？」

「痴漢なんて許されることじゃないし、逃げていいって言われたからって逃げるのもありえないし、名刺を出せって言われて人の名刺置いてくのもマジでどうかと思うけど、でも俺、正直水口さんの旦那さんの方に引いてますよ。こいつだって、逃げろなんて言われなきゃ普通に捕まってたと思うから」

「ちょっと待って、そんな……」

「罪を被《かぶ》ってやるから逃げていいって言われたんだろ？　米村」

米村は、揺れるくらいの小さな動きでうなずいた。

「……捕まって調べられたら証拠も出るだろうし言い逃れできないぞ、五十万払うんなら見逃してやってもいいって」

消え入りそうな声で言う。

「五十万？」

正太郎は思わず聞き返した。

「そんな、いくら何でもそんなこと……」

沙知は薄く開いたままの唇を震わせる。

「本当にそう言われたんです。職場にもバレるし、結婚とかにだって差し障るぞって言われて、怖くなって……それで、俺」

「ちょっと待ってください」

正太郎は片手を上げた。

「五十万は、その場で払ったんですか？」

「そんなわけないでしょ。現金で五十万持ち歩いてるやつなんていないですよ」

野田の方が吐き捨てるように答える。

「だけど、水口さんの旦那さんからは、野田さんに連絡が来ていないんですよね？」

「まだ来てないけど……でも、ほとぼりが冷めてから連絡しようと思ってたのかもしれないし」

「ほとぼりが冷めたら、もう金は取れないんじゃないでしょうか」

正太郎は言いながら、そうだ、と思った。

相手を脅すことができるのは、容疑が固まらずにいる間だけだ。

不起訴処分が下って事件に片がついたら、もはや米村は金を払う必要がなくなる。

「本気で金を取る気があるなら、ネット銀行でも何でも使って、その場で金を振り込ませるくらいのことはするでしょう。それに、もし水口さんの旦那さんがわざと犯人を逃したのだとしたら、犯人隠避《いんぴ》罪に該当します。金を請求する側も罪に問われることをしている以上、堂々と脅すこともできないはずです」

金が取れないとしたら、ただの被り損だ。

しかも示談金も弁護士費用も自腹で払わなければならなくなり、むしろ大赤字になる。

「こいつが嘘をついているって言うんですか？」

野田は噛みつくように言った。

「辻褄《つじつま》が合わないことがあるのは事実です」

正太郎は、慎重に答える。

「そもそも五十万という額も、痴漢の罪を被る額としてはあまりに不釣り合いでしょう。五十万では示談金は払えるかもしれないけど、弁護士費用には到底足りません。弁護士費用だけでも百万はかかるはずですから」

「だけど……」

野田が、目を泳がせる。

「もう少し、当時の状況を詳しく話してもらえませんか」

正太郎は米村に向き直った。

「電車内でのやり取りから、あなたが駅員室を出るまでのことを順を追って」

米村が、正太郎を見る。

その表情は、刑事時代にも何度か目にしたことがあるものだった。

警察だと名乗った瞬間、言い逃れのしようがない証拠を突きつけたとき、否認を続けていた被疑者がふいに落ちる直前――彼らはみな、顔に解放感を滲ませた。

これでもう怯えなくていい、乗るべきレールに乗せられたのだという安堵。

「あの女の子が痴漢だって言って旦那さんの腕をつかんで……そしたら旦那さんが俺の腕をつかんで」

ここまでは、沙知の夫の証言と一致する。

「それで駅員室に連れてかれて、でも駅員はずっと別の事件のことで大騒ぎしてこっちのことは後回しな感じで……一応身分証を出せと言われて名刺は出したけど、その後もすぐには調べに来なくて、少しでも落ち着こうと思ってお茶を飲もうとしたら手が震えてこぼしちゃって……」

「指を洗おうとしたわけじゃないんですか」

「え？」

米村は目をしばたたかせた。

「なんでですか？」

質問の意味がわからないというように、首を傾げる。

正太郎は、いえ、と手刀を切った。

「失礼、続けてください」

「えっと……それでハンカチで手を拭いていたら、旦那さんが、俺が罪を被ってやるから逃げていいぞって」

——この会話の時点で、既に沙知の夫は容疑を被る方向で動いている。

正太郎は拳を口元に押し当てた。

痴漢の濡れ衣を着せられるというトラブルに見舞われた沙知の夫にとって、選べる最善の手はとにかく真犯人である米村を逃さないようにすることだったはずだ。

事実、痴漢に間違われた当初は容疑を否認し、米村が真犯人だと主張している。

だが、駅員室では、米村を脅してまで逃がそうとした。

電車内から駅員室までのわずかな間で、何か方針を切り替えなければならない事態が起きたのだ。

それが金のためではなかったのだとしたら、一体、何が目的だったというのか。

乳児転落事件で大騒ぎになっている駅員室、隣には動揺をあらわにしている真犯人――脳内で、彼が置かれていただろう状況を思い描いていく。

おそらく、駅員の誰もが乳児転落事件の方で頭が一杯だったに違いない。

乳児が硬いホーム上に頭部から転落して救急搬送されたとなれば、死亡事件に発展することも考えられる。

慌てて緊急通報し、警察からは乗客の洗い出しに協力するように言われ、防犯カメラの映像や交通系ＩＣカードの入出場記録を保存するように動き、被疑者の絞り込みのためにできることを話し合い――

正太郎は、ふいに浮かんだ可能性に、目を見開く。

そんな馬鹿な、と思うのに、次々にパーツが揃っていく。

――彼にとってのトラブルが、痴漢事件ではなく乳児転落事件の方だったのだとしたら。

乳児転落事件で、被害者の母親が乗車したのは津田山駅だった。

一方、痴漢事件において、被害者は津田山駅の前の駅である武蔵溝ノ口駅からずっと触られていた、と主張している。

二つの事件が起きたのは同じ車両ではあるが、反対側のドア付近で痴漢をし続けていた人間は、必然的に乳児転落事件の犯人にはなりえない。

　正太郎の頭に、顔のない男の姿が浮かんだ。

　男は、人に不快な思いをさせている赤ちゃん連れの母親の後ろを通った際に、抱っこ紐のバックルを外し、電車が停車して乗客が入れ替わるたびに、車両の奥へと移動していく。そして、反対側のドア付近まで来たときに、痴漢行為を目撃する。やがて自分が痴漢だと糾弾され、痴漢に関しては無実である男は、慌てて真犯人を捕まえる。

　とにかくこいつを逃してはいけないと、腕を強くつかみ続けて一緒に電車を降り――しかし、そこで乳児が転落した。

　男は、まさか本当に子どもが落ちてしまうとは想像していなかったに違いない。

　これまでの類似の事件では、実際に乳児が転落したことはなかったのだから。

　だが、乳児は頭から落ち、周囲は騒然となった。

　尋常ではない赤ん坊の声、泣き叫ぶ母親、死んでしまうぞ、早く救急車を、と怒鳴る声――罪状は、傷害罪、あるいは傷害致死罪。

　激しく動揺する中で、その場での最善を探し始めた男は、気づいたのではないか。

　痴漢の容疑を認めれば、乳児転落事件のアリバイが手に入れられる、と。

　痴漢で有罪判決を受けるかもしれないとなれば、躊躇いもあっただろう。

　けれど、痴漢を目撃していた男は、罪状が迷惑防止条例違反であることも、自分からは物的証拠が出ないことも、示談が成立すれば不起訴処分になることも知っていた。

示談金や弁護士費用はかかるが、金を払うだけで傷害致死罪に問われかねない事件の容疑から逃れられるのであれば、安いものだ。

痴漢の犯人になることを決めた男は、自分が捕まえた真犯人が邪魔なことに思い至った。

だから、金が目的な振りをして本当の理由から目を背《そむ》けさせた上で真犯人を脅し、逃げるよう唆《そそのか》した。

男が欲をかかず、全面的に痴漢を認めていれば、妻が疑念を抱いて動くこともなかっただろう。

しかし男は、そこでも最善を追求しようとした。

警察には自分が痴漢の犯人だと認定させながら、妻には本当は無実だと思わせる、という道を。

正太郎は、白い顔をうつむけている沙知の手元を見つめる。

沙知はテーブルの下で、爪の間の汚れを掻き出していた。反対側の手の爪についた垢を指で拭い、また別の爪の間に爪をねじ込む。

彼女はこれから、夫が世間を騒がせている乳児転落事件の犯人として逮捕され、様々なものを失っていく中で、自らの行動を後悔することになるだろう。

そして、澄子もまた、沙知と自分を繋げたことを悔いることになる。

初めに相談された時点で断っていれば――正太郎は、そう考えた自分に愕然《がくぜん》とした。

それぞれの事件の真犯人が捕まるのは、正しいことのはずだ。

正太郎は沙知から視線を外し、口元に当てたままだった拳をテーブルの上に下ろした。並べて置かれたままのマイクに手の甲が当たり、マイクが二本揃って転がる。

沙知の夫、水口大悟《だいご》が傷害容疑で逮捕されたのは、二日後のことだった。

噓と隣人

正太郎が集合ポストを開くのと、隣の宅配ボックスからエラー音が響くのが同時だった。

顔を向けると、同じマンションの住民らしき女性が「あら」と首を傾げる。

女性は不在連絡票を見直し、液晶パネルに指を伸ばした。一つ一つの数字を確かめるように入力していく。

再びエラー音。

なんとなく見ているのも悪い気がして、ひとまず集合ポストからチラシと電気代の領収証を取り出したが、今度は「初めからやり直してください」という機械音声が流れてくる。

正太郎はわずかに迷ったものの、「大丈夫ですか」と声をかけた。

女性は弾かれたように正太郎を振り向き、耳を赤くする。

「あ、すみません、なんか上手く開かなくて……」

「よかったらやってみましょうか」

正太郎が手を差し出すと、女性は躊躇いがちに不在連絡票を渡してきた。

暗証番号の欄には、〈３４２９〉と書かれているように見えるが、書き殴ったような字のため、〈３４２７〉と読めなくもない。

正太郎は胸ポケットから老眼鏡を取り出してかけ、〈３４２９〉と〈３４２７〉を順番に試した。

だが、二回ともエラー音が鳴り、女性が「開かないですよね?」と手元を覗き込んでくる。

正太郎は老眼鏡のブリッジを押し上げた。他にはどんな可能性があるか――

「ちょっと待っててもらえますか」

女性に断ってメールコーナーの裏側へ回り、宅配ボックスの預け入れ用液晶パネルを操作した。空いているボックスに荷物を入れたら、液晶パネルでボックス番号を入力し、その後に暗証番号をセットしてロックする、という仕組みらしい。

液晶パネルには、取り出し用と同じく十個の数字が並んでいるが、数字同士の間隔が近く、押し間違えても不思議はなさそうだった。

正太郎はメールコーナーへ戻り、一桁ずつ隣り合った番号に差し替えて試していく。ひと通り試しても該当せず、今度は暗証番号は記載通りにして、ボックス番号を変えてみたところ、隣のボックスの扉が解錠音を立てて開いた。

え、と女性が驚いた声を上げる。

「どうやったんですか」

「業者がセットするときにうっかり隣の数字を押してしまったかもしれないと思って、いくつか試してみたんですよ」

　正太郎は液晶パネルを指さした。

「結局ボックスの番号が違っていたようなので、一度にたくさんの荷物を入れたらどこに何を入れたのか混乱してしまったのかもしれませんが」

「へえ、そんなことがあるんですねえ」

　女性は興味深そうにうなずきながら、正太郎から不在連絡票を受け取る。

　ピーという喚起音《かんき》が鳴り、女性は慌ててボックスから荷物を取り出して扉を閉めた。正太郎に向き直り、「ありがとうございます」と頭を下げる。

「急ぎの物だったので、本当に助かりました」

「お力になれたようでよかったです」

　正太郎が会釈を返すと、あ、と女性が姿勢を正した。

「七〇二号室の岡野《おかの》です」

　不在連絡票に書かれた名前を示しながら言う。

「どうも、一〇五号室の平良《たいら》です」

　正太郎は改めて女性を見た。

　年の頃は四十代半ばくらい、快活な印象のご婦人だ。クリーム色のポロシャツに黒いジャージ素材のハーフパンツとスパッツ、使い込まれたスニーカーを合わせているが、荷物は小ぶりのボディバッグとネギが突き出たエコバッグ。ジムかウォーキングのついでに買い物をしてきたといったところか――つい習慣で進めてしまった思考を切り上げ、七階の岡野さん、と頭の中で暗唱する。

「あ、一階に引っ越してきた方」

岡野は声のトーンを上げ、集合ポストへ目を向けた。

「平良さんって、こういう漢字なんですね」

妙にまじまじと表札を見つめてから、正太郎をじっと見上げる。

「あの、違ったら申し訳ないんですが……もしかして、警察の方ですか？」

「え？」

正太郎が目を見開くと、岡野は慌てたように顔の前で手を振った。

「いえね、何年か前に溝口《みぞのくち》で話を聞きにこられた刑事さんが平良さんってお名前だったんだけど、その方によく似ていらっしゃるから」

たしかに数年前、定年直前にいた署の管轄には溝口があった。だが、彼女の顔を見ても特に蘇る記憶がない。

「……ちなみに、それはどういった事件の」

「やだ、事件ってほどじゃないんですよ。ゴルフスクールの飲み会だったんだけど、知り合いが酔っ払って喧嘩しちゃって」

「ああ」

正太郎は息を吐いた。刑事を四十年近くやっていれば、酔漢同士の傷害事件を担当したことは数えきれないほどある。

「ただ、怪我をしたのが目だったから、田川《たがわ》さん……その怪我した人が訴えてやるって怒って話が大きくなっちゃって」

ゴルフ、目、田川——あ、という声が漏れた。

正太郎の反応に、岡野が身を乗り出す。

「やっぱりあのときの刑事さん？」

正太郎は反射的に、いや、と否定しかけたものの、少し考えて「もう定年退職したんですよ」と答えた。

「今は隠居の身です」

わざわざつけ加えたのは、これ以上昔の話を引きずられたくなかったからだ。既に退職して二年近く経っているし、頭も身体も大分なまってきている。

けれど、岡野は正太郎の心情を知ってか知らずか、「元刑事さんが同じマンションにいるって心強いわねえ」と嬉しそうに言った。

「良い方が引っ越してこられてよかったわ」

「いやいや老いぼれですから」

正太郎は苦笑してみせながらエントランスのドアをちらりと見やる。自然に話を切り上げるきっかけが見つからず、仕方なく「では」といささか強引に辞去しようとした瞬間、

「知り合いに困っている人がいるんだけど」

岡野が、いいことを思いついたというように手を合わせた。

「ちょっと相談に乗ってもらえないかしら？」


相談、と聞き返しそうになるのを正太郎は寸前でこらえた。

咄嗟に脳裏に浮かんだのは、つい先月、妻の友人の相談に乗った件だった。痴漢容疑で逮捕された夫が無実かどうかを確かめたいという話で、自分で力になれることがあるならと刑事の真似事のようなことをしたものの、結局、彼女の家庭を壊す結果になってしまった。

どう断ればいいかと思案していると、岡野は沈黙を肯定と取ったのか、「知人のお嬢さんの身が危ないかもしれないのよ」と続けた。

「なんか、変な人に脅されてて」

「脅されている？」

思わぬ言葉に、今度はつい聞き返してしまう。

「それは、警察には」

「私も警察に相談してみたらって言ったんだけど、どうせ警察は何もしてくれないからって……」

岡野は途中で言葉を止め、気まずそうに正太郎から視線を逸《そ》らした。

「実際のところ警察が動けるかどうかは状況次第でしょうが、本当に危険がある場合はさすがに対応してくれると思いますよ」

正太郎はあくまでも部外者の立ち位置で言ってみせてから、「ちなみに脅されているというのは具体的にどういう」と尋ねる。

岡野は、顎に手を当てて首を傾けた。

「やっぱり、ちゃんとした被害がないと警察は動いてくれないものですか？」

質問を質問で返され、正太郎は返答に迷った。

「どういう状況かがわからないと何とも言えませんが……」

「正直ね、私も篠木さんの考えすぎかもしれないとは思うんですよ」

知人の名前はシノキというらしい。正太郎は断片的な情報をひとまず記憶しておく。

「でも、自分の子どもが痛い目を見ないとわからないんだろっていうのは、ちょっと物騒な感じがしません？」

「そう言われたんですか？」

それなら、脅迫罪が成立する可能性がある。

だが、岡野は「言われたっていうのとは違うんだけど」と口ごもった。数秒考え込むようにうつむいた後、ぱっと顔を上げる。

「ツイッターでの話なんですよ。篠木さんはベビーマッサージの先生をしていて、いろんなSNSを教室の宣伝がてらやってて。メインはインスタだけど、ツイッターでも自分の子どもの話とか街で見かけた親子の話とかを投稿していて、たまにバズったりするからかアンチがいるんです」

かろうじて言葉の意味は取れたが、すぐには話が繋がらない。

正太郎は脳内で情報を整理し始めた。脅されてはいるが、本当に危険があるのかはわからない。被害者はツイッターをやっていて、アンチがいる――

「つまり、ツイッター上で脅すような文言が送られてきた、という話ですか」

「そうなんですよ」

岡野は、我が意を得たりというように声を弾ませた。

「あ、でも送られてきたっていうか、エアリプなんだけど」

「エアリプ？」

「んーと、直接ＤＭとかリプライで送ってくるんじゃなくて、一見普通のツイートみたいではあるんだけど、明らかに篠木さんの話をしてるっていう」

岡野はボディバッグからスマートフォンを取り出し、手早く操作して画面を正太郎に向けてくる。

「これが篠木さんのアカウントなんですけど」

〈ぽんママ〉というアカウントのプロフィールページが表示されていた。名前の後にはニコニコマークと〈16ｙ＋９ｙ〉という文字が続いている。フォロワー数は五百弱。

〈「笑顔の絶えない育児」を叶えるベビーマッサージレッスン随時開催中／チャイルドセラピスト協会認定ベビーマッサージ講師／卵アレルギーを克服した娘（16歳）といつもごきげんマイペ

ースな息子（9歳）のママ／Instagramもやってます／ワーママ／二人育児／広報さんと繋がりたい／好きなもの↓美容、スポーツ、料理、コーヒー〉

正太郎が情報量の多いプロフィールにざっと目を通していると、岡野がページをスクロールし始めた。

「えーと、たとえばこういうの」

言いながら開いたのは、二週間ほど前の投稿だった。

〈夕飯の買い物中、試食販売で何度もおかわりしている男の子を見かけて、家でちゃんとご飯を食べさせてもらえてないのかなと心配していたら、母親が来て「何やってんの！」と怒り始めた。子どもを叱るのかと思ったらバイトの子に向かって「うちの子はアレルギーがあるんだから勝手に食べさせないでよ！」〉

スーパーの精肉売り場を撮ったらしき写真には、ホットプレートの前に立ったエプロン姿の女性が写っており、顔の上には困り顔のスタンプが重ねられている。

〈そもそも子どもにアレルギーがあるなら、まず子ども自身に勝手に食べないように躾《しつけ》をしておくものなんじゃないの？〉

大量の「いいね」がついているところを見ると、これが〈ぽんママ〉のバズったというツイートなのだろう。続いて、岡野が引用リツイートの一覧を開く。

「いっぱいコメントがついてるでしょ？　これ、ほとんどはバイトを叱った母親を批判しているものなんだけど、今時試食販売ではお客さんが子どもだけのときには食べさせないってマニュアルがあるはずだからバイトの子も悪いっていうコメントも来て論争みたいになって、なんか変な広がり方をしちゃったみたいで」

ツイッターを閉じ、すぐさまフォトアルバムのアプリを開く。引用リツイートをスクリーンショットで撮ったらしい画像が現れた。

〈ひとんちの子を見て勝手に心配とかしてるこいつが一番キモい〉

「これがアンチの人の書き込みなんだけど」

アカウント名は〈もちこ〉、アイコンは初期設定のままのようだ。

「で、このアンチの人がこの後にこんなツイートをしてて」

岡野がスマートフォンをすばやく操作し、〈篠木理絵《りえ》〉とのＬＩＮＥのトーク画面を表示した。

複数のツイートの画像が並んでいる。

〈てかこれ、作り話でしょ〉

〈嘘のくせにどこの店かも特定できる写真上げてるのほんとクソ。バイトの子に迷惑がかかったらどうするつもりなんだろ〉

〈こいつ、自分の子どもが痛い目を見ないとわからないんだろうな〉

「これ、文脈的にはどう考えても篠木さんのことを言ってるでしょう？」

「なるほど」

ようやく話が見えてきた。

たしかに、これでは警察は動かないだろう。客観的に見て、この文面からは本当に相手の子どもに危害を加えようとしている印象は受けないし、そもそも、脅迫罪が成立するには害悪の告知が必要だ。篠木自身に告げられた言葉である確証がなく、さらにSNS上のやり取りとなれば、実害が出る可能性が高いとは見なされないはずだ。

「やっぱり、警察は動いてくれないかしら」

岡野はスマートフォンを引き取り、上目遣いに正太郎を見た。

「今うかがったお話がすべてだとしたら難しいかもしれませんね」

正太郎は、慎重に言葉を選びながら答える。

「誹謗《ひぼう》中傷を受けたとして発信者情報の開示請求をすることは可能かもしれませんが、それでも認められるかは微妙なところだと思います。ましてや事件として捜査するのは……」

正直なところ、個人的に抱いた感想はどっちもどっちだなというものだった。

〈もちこ〉という人のツイートも品が良いとは言えないが、篠木の投稿から感じる悪意もそれなりのものだ。単に目撃した出来事をそのまま書いているように見えて、母親を批判しようとする意図が滲み出ているし、店名と日付がわかっているとなると、試食販売のバイトの子も特定されかねない。もし、騒ぎが大きくなったせいでその子がバイトをクビになったりしたら、誹謗中傷で訴えられるのは篠木の方だろう。

「とりあえず、ブロックして様子を見るのが現実的な気はしますが」

正太郎は本音が出すぎないように意識しながら言ったが、岡野は納得していない顔をした。

「この人、半年以上もずっと篠木さんに粘着してるんですよ。篠木さんがツイートするたびに否定的なリプライを送ってきたり引用リツイートで批判したりしてきて、ブロックしてもまた新しいアカウントを作って攻撃してくるって」

「アカウントを変えていても同一人物だとわかるものなんですか」

「そこはほら、なんとなく文章の癖とかでわかるでしょう？　そんなに何人もアンチがいるとも思えないし」

それはどうだろうと思ったが、正太郎はひとまず受け流す。

もし本当にこの人物が半年以上篠木につきまとっているのだとすれば、何らかの対処法はあるかもしれない。

「篠木さんは、相手に心当たりはあるんですか」

正太郎が尋ねると、岡野は「どうなのかしら」と視線を泳がせた。正太郎は可能性を考えながら口を開く。

「先ほどの篠木さんのツイートを見る限り、過去にも同じようなツイートをしているなら、誰かから恨みを買っていてもおかしくないと思いますが」

たとえば、彼女に「ネタ」にされた人物が当該ツイートを見つけ、自分が槍玉に挙げられていることに気づいたとする。そのツイートが広く拡散され、見知らぬ人たちからの批判を浴びていることを知ったら、勝手にSNSに投稿した彼女を恨みに思うこともあるだろう。

岡野はスマートフォンを見下ろした。

「教室の宣伝としては、このくらい強いことを書かないとたくさんの人に見てもらえないのかもしれないけど……」

「そう言えば、その教室というのをどこでやっているのかは公開されているんですか」

プロフィール欄には教室の具体的な案内は書かれていなかったようだが、宣伝というからには何らかの形で教室へ誘導しているのだろう。それはつまり、ＳＮＳ上ではなくリアルに会うことができる場所を自ら発信しているということにもなる。

だが、岡野は「連絡先だけで、具体的な場所は書いてないんですよね」と答えた。

「それは、アンチが湧いたからですか？」

んー、と小さく唸る。

「元々は、下の息子さんが赤ちゃんの頃に別のベビーマッサージの教室に通っていたんですって。で、そこで自分も資格を取ったから先生として教室を開いて、最初はママ友とかママ友の知り合いとかを相手に公民館とかで教えてた感じで……私も友達に誘われて何回か行ったことがあって、篠木さんとはそこからの知り合いなんだけど」

「下のお子さんが赤ちゃんの頃となると、結構前の話ですか」

たしか、プロフィール欄には九歳だと書かれていたはずだ。

「そうなのよねえ」

岡野はスマートフォンのカバーを指先でいじり始めた。

「何人か紹介はしたんだけど、ほら、赤ちゃんってすぐに大きくなっちゃうでしょう？　困っているみたいだったから、私も深く考えずにＳＮＳでも始めて宣伝してみたらって言っちゃって」

「ああ」

正太郎は複雑な気持ちで相槌を打つ。

――それで、責任を感じているということか。

「せめてアンチの人がどんな人かわかったら、篠木さんも少しは安心できるかもしれないと思うんだけど……」

岡野は伏し目がちにため息をついた。

その口調からは、元刑事なら調べることもできるんじゃないかと匂わせてくるような他意は感じられず、かえって正太郎は居心地の悪さを覚える。

再び、痴漢事件について調べて回ったことが思い出された。

たとえ正太郎たちが動かなかったとしても、沙知の夫の罪が露見していた可能性はあるし、いくら妻の友人の夫とはいえ、罪を犯した人間が逃げおおせればよかったとは思わない。

だがそれでも、下手に事件に関わらなければと思わずにいられなかった。そうすれば、少なくとも沙知や妻が後悔を引きずることにはならなかっただろう。

刑事だった頃、捜査をするのは義務だった。

真相を解明するためには全力を尽くすが、仕事としては被疑者と証拠を検察へ引き渡したら終わりで、またすぐに別の事件に取りかかることになる。集めた証拠が十分かどうかは問題とされるものの、その後関係者がどういった人生を歩んでいくかには関わりがない。

しかし仕事ではない形で他人の相談に乗った場合、そうした区切りは存在せず、関係を続けていく限りは結果とも無関係ではいられなくなる。

「篠木さん、ＳＮＳ上ではちょっときつい印象があるかもしれないけど、直接会うとすごく楽しくていい人なのよ」

岡野は痛ましそうに眉尻を下げた。

正太郎は、拳を顎に押し当てる。

実のところ、先ほどから頭に浮かんでいる人物はいるのだった。

開示請求なしに相手を特定するノウハウを持っていて、いざとなれば弁護士とのパイプも持っている男――だが、彼に紹介するとなれば、自分から彼に連絡を取らなければならなくなり、面倒なことを言われるのは目に見えている。

結局、正太郎は躊躇いながらも口を開いた。

「昔の知り合いに探偵事務所を経営している人間がいるので、そちらにご紹介することはできるかもしれません」


個人のスマートフォンではなく、わざわざ〈吉羅《きら》探偵事務所〉のＷＥＢサイトを調べて相談窓口に電話したにもかかわらず、正太郎が名乗るなり、吉羅は『おう平良、やっとうちで働く気になったか』と返してきた。

「知人の知人に困り事がある方がいるそうで、吉羅さんにご紹介させていただけないかと思いまして」

正太郎はあえて慇懃《いんぎん》無礼に言ってみせたが、吉羅は、

『なんだ、ついに事務所を手伝ってくれるのかと思ったのになあ』

と、電話越しでもにやついていることが伝わってくるような声音で言う。

「おかげさまで、気ままな隠居生活を謳歌《おうか》しているので」

正太郎はいつもの誘いを即座に断った。

吉羅は十五年ほど前、正太郎が川崎市の麻生《あさお》中央警察署の刑事課にいた頃に捜査でタッグを組んでいた二つ上の先輩だった。

麻生中央署に異動になる前、旭《あさひ》西署で課長と反りが合わず閑職に追いやられかけていた正太郎は、未解決のままになっていた殺人事件の解決に寄与したことで再び捜査に関われるようになったものの、異動時には「扱いにくい部下」として申し送りされ、麻生中央署でも最初は様子を見られていた。

これは後になって上司から聞いた話だが、正太郎と進んでタッグを組みたがる者がいない中、「俺が組みますよ」と申し出てくれたのが吉羅だったという。

なぜ自分と組もうとしたのかと尋ねると、吉羅は「吉羅平良って語呂がいいだろ」と言って笑っていた。

正太郎と吉羅は五年ほどタッグを組んでいたが、吉羅はある事件をきっかけに五十三歳で警察官を退官した。元刑事の先輩が経営していた探偵事務所でしばらく働き、その先輩の引退を機に

会社を引き継ぐ形で〈吉羅探偵事務所〉と社名を変えたのが、今から五年前の二〇一四年。

退職時、おまえも来ないかと誘ってきた吉羅は、正太郎が断るとあっさり引いたが、その後も飲み会や先輩の葬式で顔を合わせるたびに誘いをかけてくるようになり、正太郎が定年を迎えた折にも当然のように再就職を勧めてきた。

もはや吉羅との間では、「うちで働くか」と言われて断るのが、お決まりの挨拶のようになっている。

『で、どんな困り事？』

吉羅が声のトーンは変えないままに話を切り替えた。

正太郎は岡野から聞いた話をかいつまんで説明し、「先方としては、まず相談してみて料金とかやり方とかを聞いてから依頼するか決めたいそうなんですが」とつけ加える。

『まあ、それはそういうもんだからいいんだけどさ』

吉羅の声の奥で、パソコンのキーボードを叩く音が微かに聞こえた。

『へえ、ベビーマッサージ講師っていろんな団体が資格出してんだな』

早速、話に関連する情報を調べているのだろう。吉羅は、上手い商売だなあ、と感嘆する。

『育休中って将来が不安になったり社会から取り残されている気分になったりするって言うだろ。だから資格を取得する人が多いらしいんだけど、いやあ、ベビーマッサージってそういうママさんたちのニーズに見事に合ってんだわ』

「そうですか？」

『資格の勉強と赤ん坊の世話が一体化してるだろ』

吉羅は端的に言った。

昔から、話し口調からは軽薄な印象を受けるものの有能な人ではある。

『赤ん坊に対して罪悪感を覚えずにスキルアップできるってのがポイントだな。子どもを預けて職場復帰するのに抵抗を感じてる人には、子どもと向き合いながら在宅ワークって響きも魅力的だろうし。で、どんどん講師の資格を持った人間ばかりが増える、と……アンチってのはこれか』

吉羅はまた継ぎ目なく話を変え、『あー、たしかにこれは捨て垢っぽいな』と言った。

「ステアカ?」

『アンチをするために作った捨てアカウントってこと。ここからは個人を特定する情報が取りづらい』

「ああ」

頭の中でようやく漢字に変換される。

『同じような絡み方をしてる捨て垢がいくつかあるから、ブロックされるたびに新しくアカウントを作り直してるってのは本当かもな』

「相手を特定するのは難しそうですかね」

正太郎が尋ねると、返事が返ってこなくなった。しばらくして、『これかな』という声が聞こえてくる。

「何か見つかりましたか」

『ひとまず半年前くらいまでざっと遡《さかのぼ》ってみたんだが、この頃についてるアンチコメントは捨て垢のものじゃないみたいだな』

吉羅は再び黙り込んだ。

正太郎はスマートフォンを左手に持ち替えてマウスをつかみ、〈吉羅探偵事務所〉のサイトの横のタブを開く。

電話をかける前に探しておいた〈ぽんママ〉のページをスクロールさせていき、ひと月ほど遡ったところで、吉羅が『嘘』とつぶやいた。

「何がですか」

『この半年前のアンチコメントも〈ぽんママ〉を嘘つき呼ばわりしてる』

「すみません、まだそのツイートを見つけられてないんですが」

正太郎が慌てて画面を動かす速度を上げると、吉羅は『平良は昔からこういうの苦手だよな』と笑う。

『今年の四月十五日のとこだよ。見ろ、このツイートもバズってる。いいか、ツイートを読み上げるぞ』

吉羅は言った。

『〈娘が今朝、通学中にたまプラーザ駅のホームで迷子の子を見かけて声をかけたんだけど、テストに遅れそうで困っていたら妊婦さんが代わってくれたそうです。お名前は聞かなかったらしいのでお礼を伝えられないのですが、すごく助かったと言っていました。この想いが親切な妊婦さんに届きますように〉』

吉羅はひと息に読みきり、『で、次に読むのがアンチコメントな』と言って一拍置いてから続ける。

『〈これ、嘘です〉』

「え、それだけですか？」

『そう、これだけ』

正太郎は、目をしばたたかせた。

岡野に見せられた最近のツイートに対するコメントに比べると、随分とあっさりしている。

『これが問題のアンチと同一人物のコメントかはわからないが、どっちも〈ぽんママ〉のツイートを嘘だと決めつけてるのが面白いなと思ってさ』

脳裏に、スクリーンショットの画像が蘇った。

――〈てかこれ、作り話でしょ〉

――〈嘘のくせにどこの店かも特定できる写真上げてるのほんとクソ〉

「たしかに、少し不思議ではありますね」

相手の投稿内容を嘘だと決めつけるのはアンチとしては珍しくない気もするが、どちらの〈ぽんママ〉のツイートも一読して嘘だとわかるような要素はないはずだ。

「実話にしては話ができすぎだから作り話だろうと考えたのか……」

『だけどゼロから作ったにしては話が具体的だろ』

吉羅は、正太郎も感じたことをすぐに言語化した。

『特に、妊婦さんってところとかさ。子どもを助けてくれた人にお礼を言いたいって構図の話にしたいだけなら、単に「女の人」でいい』

「試食販売の方は写真もついていないわけですしね」

『こういうのって、何もないところから考えるのは結構しんどいんだよ』

やけに実感がこもった言い回しだった。

「やったことがあるような口ぶりですね」

正太郎が冗談混じりに言うと、『やったことがあるからな』と返される。

「え？」

正太郎はスマートフォンを耳から離して画面を見た。こびりついた皮脂《ひし》をなんとなく手のひらで拭ってから耳に戻し、「吉羅さんがこういうツイートをしてたってことですか」と確認する。

『うちは探偵っていっても何でも屋みたいなところがあるんでね』

——つまり、仕事としてやったということか。

『で、そのときどういうツイートがバズるのかを研究してみたことがあるんだけどさ、こういう親切な誰々に届きますようにってのは典型的な手法の一つではあるんだよ』

吉羅は淡々と話を続けた。

『拡散すること自体が善行になるような構造の話にしておけば、それこそ親切なやつが相手に届く可能性を上げてあげようとして勝手に拡散してくれるだろ』

そう言えば最近、地震被害があった地域で救助要請をするツイートが広く拡散されたものの結局デマだったというニュースを見かけたことがあったな、と正太郎は思い出す。

あれも、拡散した人たちからすれば、必要な場所へ情報が届くようにという親切心だったのだろう。

だが、そうした善意を利用して閲覧数を増やそうとする人間はいる。

しばらく無言が続いた後、『ああ、はいはい』という吉羅のつぶやきが聞こえた。

「何ですか」

『ざっと見る限り、この〈ぽんママ〉って最初は他愛もない育児エピソードとか、子どもの弁当の写真とかを投稿するだけのゆるいアカウントだったみたいなんだよ。でも、ベビーマッサージの宣伝を始めた頃からかな、少しずつバズった育児系ツイートをパクるようになってる』

「え、パクりの常習者だったんですか？」

『いや、何回かパクりだと指摘されて懲りたのか、それはすぐにやめたみたいだな。で、しばらくバズりを意識したオリジナルのツイートを試行錯誤してる形跡があるけど、なかなか当たらなかったみたいで、ようやくバズったのがこの娘が妊婦に助けられたって話』

再び、スマートフォンからキーボードを叩く音が聞こえ始めた。

『一応この話も元ネタがないか調べてみたけど、どうもそれっぽいツイートは見つからないからオリジナルなんだろうとは思うが』

正太郎は、ずり落ちてきた老眼鏡の位置を直す。

「ある程度は実話を元にしているものの、大分話を盛っているってところですかね」

『まあ、盛ってそうな作りはしてるな』

「ベースが実話だとすれば、ネタにされた相手は話が盛られていることに気づきそうですね」

『〈ぽんママ〉に話を盛られた人間がアンチになって、他のツイートもみんな嘘だと決めつけて攻撃してるのかもな』

相変わらず吉羅は話が早い。

『平良は、この〈ぽんママ〉のツイートを読んでどういう印象を受けた』

「印象ですか？　いろんな人に噛みついてるなとは感じましたが……」

『俺はこれ、良い子育てをしてるママアピールな感じがするんだよな』

打鍵《だけん》音が止まった。

『試食販売の投稿もこの迷子話も、自分の子どもを絡めてるだろ』

「試食販売の方は関係ありましたっけ」

『子どもにアレルギーがあるなら勝手に人に食べ物もらわないように躾けておけってのは、彼女自身の子どもが卵アレルギー持ちなことを前提にした文面だろ』

たしかに、プロフィールにそんなことが書かれていた気もする。

『実際、リプライを読んでいくと彼女自身の子育ての話が結構出てくるんだよ。子どもにアレルギーがあると神経使いますよねとか、アレルギーを克服したっていうのはどうやったんですかとか。迷子話の方はもっとストレートに、テストに遅れそうなのに迷子の子を助けようとしてあげた娘さんもえらい、どうやったらそんな優しい子に育つんだろ、みたいな娘と娘を育てた母親を讃えるコメントがついてる』

「そういうふうに褒められたくて書いたってことですか」

『ベビーマッサージのイメージ戦略もあるだろうけど、基本、ＳＮＳをやるやつなんて承認欲求の塊だからな』

吉羅は暴論を口にし、『何にしても、まずは依頼人に話を聞いてからか』と話を切り上げる。

「引き受けてもらえそうですかね」

正太郎が探りを入れると、『そりゃあ依頼されればな』と当然のように答えた。

『今時、仕事なんか選んでたら潰れちまうだろ』

「助かります」

正太郎は宙に向かって小さく頭を下げる。

岡野に紹介できると言ってしまった手前、吉羅に引き受けてもらえなかったら、別のあてを探さなければならなくなるところだった。

他にも顔見知りの探偵はいなくはないが、正太郎が知る中では吉羅が最も信頼できる。

『だけど、平良からこういう連絡が来るのは意外だったなあ』

吉羅が初めて少し声のトーンを変えた。

『おまえはまず自分で何とかしようとしそうだろ』

痛いところを突かれ、正太郎は言葉に詰まる。

「……同じマンションの住人から頼まれたもんで」

これでは答えになっていないなと思ったが、吉羅は『知り合い絡みは面倒だもんな』と意味を正確に読み取った。

『まあ、そういうときのための吉羅探偵事務所ですよ』

茶化したノリに戻し、『迅速、丁寧、任せて安心、お気軽に』と続ける。

「何ですかそれ」

『うちのキャッチコピー』

吉羅は『リズムがいいだろ』と笑い、依頼人との面談を終えたらまた連絡する旨を口にしてから電話を切った。


吉羅から電話がかかってきたのは、篠木が吉羅探偵事務所を訪れると聞いていた日を五日過ぎた十月十八日の午後だった。

リビングのソファでうたた寝をしていた正太郎が夢うつつで電話に出ると、『おう、平良』という聞き覚えのある声がした。

『今からちょっと出てこられるか』

タッグを組んでいた頃のような唐突さで言われ、つい「あ、はい」と答えてしまう。

『じゃあうちの事務所で』

電話が切れたところでようやく完全に目が覚め、「ん？」とスマートフォンを見下ろした。一拍遅れて、やられた、と気づいたときには遅かった。

吉羅の事務所には、五年前に一度だけ顔を出したことがある。

事務所を引き継ぐことになったから祝え、と言われて少し良い酒を買って訪ねると、一緒に飲もうと酒を開けられ、飲みながら雑談をしているうちにいつの間にか仕事を手伝わされそうになっていた。

以来、事務所には行かず、外で会うようになった。だが、吉羅は警戒する正太郎を面白がるように、たびたび事務所へ誘ってくる。

正太郎はしょぼついた目を擦りながら起き上がり、顔を洗って外出着に着替えた。

「あら、どこか行くの」

キッチンにいた妻に声をかけられ、「ちょっと吉羅さんのところに」と苦々しく返す。

「また吉羅さん」

妻もわずかに呆れたような声を出した。

まあ今回は自分が持ち込んだ案件だしな、と正太郎は誰へともなく言い訳をしながら家を出て、東急田園都市線からブルーラインへ乗り換えて高島町《たかしまちょう》駅で降車した。

吉羅の事務所は、ＪＲ横浜駅から徒歩三分、ブルーラインの高島町駅からも徒歩七分の雑居ビルの一室にある。

正太郎は帷子川《かたびらがわ》沿いに建つレンガ色の建物を見上げ、頭を掻いてから集合住宅とオフィスビルの中間のような中途半端な印象のロビーへ入った。

元々は受付として機能していたのだろう半円形のカウンターが設置されているものの、人はいない。窓がないせいか全体的に薄暗く、隅に申し訳程度に置かれている観葉植物やエレベータ前に敷かれている赤い足拭きマットが古臭く、どこか昭和に取り残されたようなうらびれた空気がある。

五階まで上がり、所々が剥げた鉄製の扉の前で立ち止まった。〈吉羅探偵事務所〉という、そこだけが真新しく浮いている看板を眺めながらインターフォンを押す。

はーい、と気の抜けた声がして、扉が開いた。

「おう、よく来たな」

出迎えた吉羅は、オフホワイトのアロハシャツに紺色のジャケット、ベージュのチノパンを合わせ、靴下を履いた足にカーキ色のサンダルを突っかけていた。

下手すればチンピラのようにも見える格好だが、元刑事の割に線が細く、飄々《ひょうひょう》とした雰囲気がある男だからか、妙に様になっている。

奥へ促されて応接ソファに腰かけると、吉羅が「あれ、どこに置いたっけ」とひとりごちながら棚を漁り始めた。

正太郎はテーブルに置かれたお茶のペットボトルに口をつけ、手持ち無沙汰に室内を見回す。

二十平米ほどの小さなオフィスには、三人分のデスクと書類棚、コピー機や様々な機材が詰め込まれた棚が並び、応接コーナーの横には移動式のパーテーションが畳んで置かれていた。五年前よりも格段に物が増えており、荷物置き場のようになっているデスクの一つにはウーバーイーツのロゴが入った鞄がある。

たしかに今はウーバーイーツの鞄を背負っているのが一番自然に街中に溶け込む方法かもしれないな、と感心していると、吉羅が「悪い悪い」と言いながら戻ってきた。

正太郎は、吉羅の手にある調査ファイルらしきものに目を向ける。

「篠木さんの依頼、引き受けたんですか」

「そう報告しなかったか」

吉羅が邪気なく言って首を傾げた。

正太郎は、されてませんよ、とため息をつく。

「で、何とかなりそうですか」

「とりあえず解決したよ」

あっさりと答えられ、「え、もう?」と顔を上げた。

「迅速、丁寧、任せて安心な吉羅探偵事務所だからな」

吉羅はどこまでも胡散《うさん》臭い口調で言って、両腕を広げてみせる。

「どうやったんですか」

正太郎が純粋な興味から尋ねると、「それは企業秘密だからうちの人間じゃないやつに教えるわけにはなあ」とにやにや笑った。

「ならいいです」

「冗談だって。単純にアカウント分析をして対象の属性を絞り込んで依頼人に話したら、誰だかわかったってだけだよ」

吉羅は観念したように手を下ろす。

「まず、依頼人に対して繰り返しアンチコメントをしているアカウントの中で捨て垢じゃないやつのフォロワーを調べるだろ。特にアカウント作成初期のフォロワーフォロイーはリアルでの知り合いであることが多いから重点的に洗って、相互フォローしている中に同じコミュニティの人間がいないかを探る。二人以上いれば本人もそのコミュニティに属している可能性が高いってんで、調べていくと脅迫者はどうやら横浜市内の高校に通う高校生らしいとわかってきた」

「なるほど」

正太郎はよくわからないままに相槌を打った。

「で、脅迫者の投稿内容を詳しく見ていったら、〈ポテクラ〉っていうYouTuberについてちょくちょく言及してたんだよ。このポテクラってのは顔出しせずに漫画風のキャラクターを使ってゲーム実況とかをやってるグループなんだが、キャラクターをグッズ化しててクレーンゲームの景品になったりコラボカフェが展開されたりしてるから、どういうグッズを入手したか、どの店に行ったかを調べれば自ずと住んでいる地域が絞り込める。フォロワーから導き出した高校名の裏がある程度取れた時点で報告を入れたら依頼人に心当たりがあって、依頼人がその相手に直接聞いたら白状した、と」

ポテクラファンのふりをしたアカウントを作って探りを入れていく準備もしてたんだが、と続け、「調査料をもらうのが申し訳ないほどあっけなかったな」と肩をすくめる。

「通っている高校名だけで誰だかわかったってことは、リアルの知り合いだったんですか」

「誰だと思う？」

吉羅は人さし指を立てて振った。

「いや、クイズにするのは悪趣味でしょう」

正太郎が渋い顔をすると、「それもそうか」と苦笑する。

「娘」

「え？」

「依頼人が、何かあったらって心配してた、娘本人」

数秒して、頭の中にあった情報の断片が急速に繋がり始める。十六歳の娘、篠木の子どもに焦点を当てて脅すようなツイート、半年前からずっと粘着し続けているという話、嘘だと決めつけるアンチコメント――

思えば、アンチコメントが篠木の投稿を嘘だと決めつけていることから、ネタにされたことがある人間がアンチになったのではないかと考えたのは自分だった。

そして、試食販売のツイートでも迷子の話でも、篠木の娘はネタにされている。

「依頼人から聞いたところによると、やっぱりバズったツイートは実話を元にした作り話だったみたいだな。試食販売で何度もおかわりをしていた少年がいて母親が怒ったってところまでは本当だけど、アレルギー云々の部分は嘘で、母親が怒ったのも普通に子どもに対してだった」

「ああ」

「妊婦が迷子を助けた話も事実だが、娘はそれを見かけただけで何もやっていない。一人で泣きべそをかいていた子を見かけて、助けていたらテストに遅れそうだから声をかけるかどうか迷っていたら妊婦が現れて助かった――その話を母親にしたら、母親が実話をアレンジして投稿した、と」

吉羅は抑揚《よくよう》をつけずに続ける。

「依頼人は、何度も娘から投稿を削除するように言われていたらしい」

だが、依頼人は聞かなかった、ということか。

――実際には何もしなかった娘は、母親が作り出した「優しい娘」のエピソードが勝手に拡散されていくのを苦々しく思ったのだろう。

〈これ、嘘です〉と書かずにいられず、その後も母親の投稿をSNS上で批判し続けた――

「依頼人の希望は、とにかく娘に害が及びかねない書き込みの主を特定してほしいってだけだったから、これで一応調査は完了ではあるんだけどさ」

吉羅が煮えきらない表情でため息をついた。

「アンチコメントの中には娘が書いたものじゃないのもあったんだよ」

「他にもアンチがいたってことですか」

吉羅は調査ファイルを開き、ツイートが印刷されたページを見せてくる。

「たとえば、これとかさ」

正太郎は身を乗り出してファイルを覗き込んだ。

篠木のツイートについたリプライには、〈この人、死んでほしい〉と書かれている。

「このアカウントはずっと粘着してるわけでもないし、娘のものじゃないアンチコメントは他にもあるからキリがないんで、依頼人はもうこれ以上は調べなくていいと言ってるんだが……」

「現実的に考えるとそれが妥当な判断じゃないですか」

すべてのアンチコメントを洗おうとすれば、調査料も高額になるだろう。

「そうなんだけどさ」

吉羅は、腕を組んで低く唸る。

「何か気になることでもあるんですか」

正太郎はもう一度ファイルへ目を向けた。

「俺の考えすぎかもしれないんだが……」

吉羅は、らしくなく視線をさまよわせる。

「実は調査中、念のためと思って迷子の話の裏を取っていたら、ちょっと予想外の話を聞いたもんでな」

そこで言葉を止め、調査ファイルのページをめくってから続けた。

「どうもこの妊婦の迷子話、今年起こった轢《ひ》き逃《に》げ事件に関係しているみたいなんだよ」

轢き逃げ、という言葉を、正太郎は実感が伴わないままに繰り返した。

「ニュースで観た覚えはないか？　今年の四月に妊婦が自転車に轢き逃げされた事件」

吉羅がファイルをめくり、轢き逃げ事件について報じる新聞記事の切り抜きを見せてくる。

事件が起きたのは、四月十五日の午前七時四十分頃。横浜市青葉区美しが丘《うつくしがおか》の路上で三十二歳の妊婦が出勤途中、自転車に轢き逃げされ、本人の救急通報で病院へ運ばれたものの死産した――犯人はまだ捕まっておらず、警察が目撃情報を募っている旨が書かれ、現場らしき坂の曲がり角の写真が掲載されている。

死産、という文字に刺激される記憶があった。被害者の女性は妊娠九カ月、あと少しで産休に入るところだった――

「……ありましたね」

「いやさ、アンチコメントが迷子の話を嘘だと決めつけてるのが気になったもんで、駅員に話を聞きに行ったんだよ。迷子の子どもの祖父のふりをして、孫がお世話になった妊婦さんにお礼を言いたいんだって」

吉羅はがりがりと音が聞こえるくらいの強さで頭を掻く。

「そしたらその駅員が、ああ、あの妊婦さんって痛ましそうな顔をして……」

「もしかして、この迷子を助けた妊婦が轢き逃げ事件の被害者なんですか？」

正太郎は思わぬ展開に目をみはる。

「被害者はこの日、たまプラーザ駅のホームで親とはぐれた子どもに声をかけ、数分して探しに来た父親に引き渡した後、職場である介護施設へ向かう途中に事件に遭った」

「ちょっと待ってください」

正太郎は片手を上げた。

「迷子の話は初耳です。ニュースでは出てなかったと記憶しているんですが」

「そりゃそうだろ。警察は広報してない」

「事件とは直接関係ないからですかね。犯人特定に繋がる情報でもないし」

「それもあるだろうが、迷子の子どもが知ったら気にするかもしれないしな」

一瞬、意味がよくわからなかった。

――迷子の子どもが気にする？

「その子を助けていなければ、被害者がその道を通りがかる時間がずれていたはずだろう」

「ああ」

たしかに、事件の関係者がそうした気の病み方をするケースは珍しくない。

特に無差別殺傷事件や事故など、偶発的な被害である場合ほど、悔恨《かいこん》の思いを口にする遺族は多かった。どうして被害者が事件に巻き込まれなければならなかったのか、運命を分けた要因はどこにあったのか――自分が何か別の行動を取っていれば、結果は変わっていたのではないか、と。

「幼い子どもがそこまで考えますかね」

「それはおまえ、子どもを舐めすぎだろう」

吉羅が唇の端を歪めた。

「少なくとも俺は子どもの頃、そういうことをしょっちゅう考えちまうガキだったぞ」

「吉羅さんがですか」

「ほら、クイズみたいなので有名なやつがあるだろ。父母子の三人家族がバスに乗って山登りに行く途中、子どもがトイレに行きたいと言ったため、次のバス停で降りることにしました。そのままバス停近くの定食屋で昼食を済ませることになり、食べながらテレビを観ていると、三人が先ほどまで乗っていたバスが落石事故に遭ったというニュースが流れてきて、母親は『バスを降りてよかった』と言いましたが、父親は『降りなければよかった』と言いました。なぜでしょう?」

「三人が降りていなければ、バスは落石の前にその道を通り過ぎていたことになるからってやつでしたっけ」

そうそう、と吉羅がうなずく。

「このクイズを知って以降、事故とか事件のニュースを観るたびに親が同じ目に遭うんじゃないかって怖くなって、引き止めたいけど自分が引き止めたせいでタイミングがずれて巻き込まれるようなことになったら、なんて考えるようになってな」

昔を懐かしむように腕を組んだ。

「それに、本人は自分が要因の一つになった可能性には気づかなくても、誰かが言っている言葉が耳に入っちまうかもしれないだろう」

「迷子を助けたりしていなければなって？」

正太郎は返しながら、それはありうるかもしれないな、と思う。何せ、今は誰もが好きに個人的な感想をネットに垂れ流せる時代だ。

「で、駅から職場へ向かった被害者は七時四十分頃に事故現場を通りがかり、後ろから走ってきた自転車に接触されて転倒した。突然のことだったから犯人の顔は見ていないが、転倒した直後に顔を上げた際にスーツ姿の青い自転車の男が走り去っていくのを目撃したと供述している」

吉羅は現役時代に戻ったような口調で説明を再開した。

「警察はこの男を被疑者として探し出したが、男は自分は電車通勤だからその日現場を自転車で通るわけがないと主張し、その証《あかし》としてたまプラーザ駅のホームで迷子の子どもを助ける妊婦を見かけたと発言した」

「その男は犯人ではなかったんですか」

正太郎の口調も、自然少し硬くなる。

「結論から言えば、この男は犯人ではなかったんだが、事件の瞬間、現場を自転車で通りがかった目撃者ではあったんだよ」

「現場を自転車で？」

正太郎は聞き返した。

「駅で被害者を見かけた後、その男が自転車を駐輪場に取りに行っている間に被害者が迷子を父親に引き渡し終えて、たまたまもう一度路上で遭遇したってことですか？」

駅と駐輪場と事故現場の位置関係が不明なため、状況が上手く想像できない。

だが吉羅は、いや、と否定した。

「そもそも男は自転車通勤をしていたから、駅は利用していない」

――どういうことだ？

駅を利用していないのなら、迷子の子どもを助ける被害者を目撃できたはずがない。それなのに、なぜ駅で起きた出来事を口にできたのか――正太郎はハッと顔を上げる。

「例のツイートを見て、アリバイ作りに利用しようとしたということですか」

「そういうことだ」

吉羅が険しい表情で顎を引いた。

「この男は区役所に勤めていて、自宅がある生田《いくた》から通勤するのに電車で行くと乗り換えが多くて時間もかかることから、職場に無断で自転車通勤をしていたらしい。それで事故を目撃したものの、救護をすれば通勤費の不正受給が露呈するのではないかと考えて、そのまま通り過ぎた」

――通勤費の不正受給。

「普段から人身事故で電車が止まった等の情報がないかを調べる習慣があったことから、依頼人のツイートを目にしていた。それで、警察から事情聴取をされた際に利用することを思いついたらしい」

正太郎はこめかみを指の腹で押した。

──なんということだろう。

まさか、こんな形で話が繋がってくるとは。

「その後の捜査で、定期券の購入履歴がないことや、近隣の駐輪場の防犯カメラに映っていることが判明して白状する流れになったそうなんだが、駅で迷子を助ける妊婦を見たって話が被害者の話と一致していて信憑性があったせいで初動捜査が混乱したんだよ。で、この不正受給男から犯人の目撃証言が得られてようやく捜査が動き始めたわけだが……結局、今も犯人は捕まっていない」

吉羅は、「交通事故の捜査は初動が命だからな」と続けて深くため息をつく。

正太郎も呆然と新聞記事を見下ろした。

「……つまり、篠木さんのツイートがなければ犯人が捕まっていたかもしれないと？」

「可能性はあるだろうな」

吉羅は重々しくうなずく。

沈黙の上に、吉羅がファイルを閉じる音だけが落ちた。

正太郎は、先ほど見せられた〈この人、死んでほしい〉という文言を思い出す。

継続して書かれているわけではない以上、それほど気にする必要もないアンチコメントの一つだと思っていた。

しかし今の話を聞けば、吉羅の懸念も理解できる。

警察から事情を聞いた被害者が、〈ぽんママ〉を逆恨みする可能性もあるか──何せ、被害者は我が子を亡くしているのだ。

「今の話は、依頼人には」

吉羅は首を横に振った。

「轢き逃げ事件の被害者が〈死んでほしい〉と書いた確証はまったくない。話したところで余計な不安を抱かせるだけだろう」

実際のところ、篠木のツイートが原因の一つになって犯人を取り逃がしたのだとしても、それで被害者が篠木に危害を及ぼそうとしていると考えるのは飛躍がある。

ツイート自体は妊婦に感謝する内容なのだし、アリバイ工作に利用されたのはあくまでも結果論で、悪いのは不正受給男なのだから。

だが、それでも正太郎は、篠木には伝えるべきではないかと思わずにはいられなかった。

彼女は、自らが承認欲求を満たすために取った行動が他人の人生に重大な影響を与えたことを、知っておくべきではないか――

「ここで調査を完了してもいいんだが、依頼人の身の安全を考えるなら、この被害者が今どうしているか――依頼人に危害を加える可能性があるかどうかまでは念のため確認しておいた方がいい気もしてな」

吉羅がテーブルに両肘をついて手を組み合わせ、正太郎に視線を合わせてくる。

「青葉台署の交通課に林《はやし》ってやつがいるんで、そいつからそれとなく話を聞き出すくらいならしてもいいかと思うんだが、どうだ」

「いいんじゃないですか」

被害者本人に当たるわけではないのなら、藪蛇《やぶへび》にもならないだろう。

だが、吉羅は「おまえも一緒にどうだって話だ」と言った。

「林はガンさんの店の常連だから、偶然を装って接触できると思うんだよ」

ガンさん——懐かしい名前だった。

警察OBであるガンさんが桜木町《さくらぎちょう》で経営しているスナックは、警察官御用達の店だ。十坪程度の小さな店で、カウンター席は五つ、テーブルは一つしかない。

仕事の話をする場合はテーブル席に通され、適度に放っておいてくれる店で、正太郎も現役時代には何度か利用したことがあった。

「吉羅さん、今もあそこに出入りしてるんですか」

「事件絡みの情報を仕入れるには便利だからな」

「だったら吉羅さんが話を聞きに行けばいいじゃないですか」

「俺が一人で行くと、現役の連中に警戒されるんだって」

とりあえず一回飲みにつき合ってくれるだけでいいからさ、と頼まれ、正太郎は低く唸る。

実のところ、久しぶりにガンさんの店に顔を出したい気持ちがないわけでもなかった。

こんな機会でもなければもう行くこともないだろうし、一回つき合うくらいならその林という男と鉢合わせるとも限らないだろう。

「まあ、一回くらいなら」

正太郎が渋々うなずくと、吉羅は助かるよ、と顔をほころばせる。

「林に会えなければあきらめるからさ」

正太郎は何となく嫌な予感を覚えたが、吉羅は話は決まったとばかりにファイルを閉じてスマートフォンをいじり始めた。


「わー林さん、来てくれてありがとう」

ナナというホステスがはしゃぐように言ってちらりと吉羅へ目配せをした瞬間、正太郎は嫌な予感が的中したことを知った。

——そう言えば、吉羅はこういう男だった。

おそらく、事前にナナを通じて林への手回しをしていたのだろう。

「おう、林、久しぶり」

吉羅が今気づいたというように入り口から入ってきた男に片手を上げ、林と呼ばれた男が「吉羅さん」と声を弾ませる。

「どうしたんすか今日は」

「ちょっと昔に組んでたやつとな」

吉羅は言葉少なに正太郎を示した。

正太郎が小さく会釈をすると、林も頭をひょこりと下げ、当然のように吉羅の隣に腰を下ろす。

正太郎は適当に自己紹介を済ませ、ナッツへ手を伸ばしながら、横目で林を確認した。年の頃は三十代半ば、スーツ姿であることもあってか、警察官というより営業マンだと言われた方がしっくりきそうな表情が豊かな男だ。

「林さんとはどういう知り合いなんですか」

正太郎は不自然にならないように意識しながら尋ねた。

「ん？」

吉羅も構えた様子もなく、林を見る。

「ああ、この店で知り合ったんだよ」

「現役時代の知り合いじゃないんですか」

正太郎は眉を上げた。

「ほんと、吉羅さんって顔が広いですよね」

「まあ、こういう仕事をしてると辞めた後も知り合いが増えるからな」

吉羅はのんびりと言ってグラスにウィスキーを手酌し、氷を入れてマドラーで混ぜる。林は相席に慣れた様子でホステスから自分のボトルを受け取り、手早く水割りを作った。

「何の話してたんすか？」

グラスを掲げ、正太郎と吉羅の方へ身を乗り出す。

「いやあ、しょぼくれた話だよ」

吉羅は苦笑してみせ、乾杯とは言わずに林のグラスに軽くグラスをぶつけた。

「この歳になると、未解決のまま終わった事件が気になったりするよなって」

そんな話は一切していなかったが、正太郎は曖昧にうなずく。

林は、「あー」と共感しているのかどうでもいいのかわからない声を出した。

「林だって、そういう事件の一つや二つあるだろ」

吉羅があくまでも世間話のノリで水を向ける。

「ほら、何だっけ、少し前にニュースになってた妊婦の」

ああ、と林が若干嫌そうな顔をした。

「吉羅さん、よく覚えてますね」

「自転車絡みの事故は他人事じゃないからな。うちにもよくトラブルの相談が来る」

吉羅は「あれって結局捜査はどうなってんの?」と単なる興味本位の口調で尋ねる。

「赤ちゃんが亡くなってるわけだし、被害者も犯人が捕まらないんじゃ納得しないだろ」

林は「あーまあ」と視線を泳がせた。

「あの事件は被害者もちょっとあきらめてるというか……仕方ないと思ってるようなところがあるんで」

「仕方ない?」

正太郎は思わず聞き返す。

林は少し迷うような間を置いた後、「ここだけの話にしてくださいよ」と断ってから「あの事件は、目撃者から犯人についての証言を聞き出すのに時間がかかったんですよ」と続けた。

「ん？　目撃者がなかなか見つからなかったってことか？」

吉羅が何も知らないふりをして首を傾げる。

林は、ちょっと話がややこしいんですよ、と難しい顔をした。

「目撃者自身はすぐに見つかったんですけど、そいつが事故の瞬間に現場にいたことを認めようとしなかったんです。まあ、そいつにはそいつの事情があったんですが」

——通勤費の不正受給の話か。

「で、そいつがアリバイを主張するために口にした話が、ちょうど被害者の話と一致してたんで、やっぱり人違いだったたってことに一旦はなっちゃって」

こんな説明で伝わるだろうかと案じているような口調だが、正太郎たちはもうその辺りの経緯は知っている。

どう答えれば詳細を知らない者として自然だろうかと考えていると、林がため息をついた。

「結局、この目撃者についていろいろ裏を取った結果、こいつが嘘をついていたことがわかって犯人について証言させることができたんですけど、交通事故の捜査では初動をミスると致命的になりやすいんで……」

「それで、どうして被害者が仕方ないと思ってるって話になるんだ？」

吉羅の問いに、林は話の流れを思い出したように、ああ、と声を出す。

「被害者の話も嘘だったんですよ」

「嘘？」

「目撃者がアリバイ作りのために話したってのが、妊婦が迷子を助けてるのを駅のホームで見たって話で、被害者もそれは自分のことだって言ってたんですけど、本当は被害者は駅で迷子を助けてなんかいなかったんです」

正太郎は吉羅へ顔を向けかけ、寸前でこらえた。

「どうしてそんな嘘を？」

尋ねたのは吉羅だった。

「被害者には上の子がいるんですよ」

林は、水割りに口をつけながら答える。

「七歳の男の子なんですけど、この子が事件当日の朝、出がけに校帽がないって言い始めたせいで、被害者は家を出る時間が少し遅れたらしいんです。で、いつもより一本遅い電車に乗ることになった結果、事故に遭ったっていうんで、息子さんが僕のせいで赤ちゃんがいなくなったって気にしちゃったらしくて」

正太郎は、短く息を呑む。

似た話を、つい最近考えたばかりだった。

「それで、被害者夫婦は何か別の理由で事故現場を通る時間がずれたことにできないかと話し合ったらしいんです」

迷子を助けていなければ被害者が事故現場を通りがかるタイミングがずれていたはずだから、迷子の子どもが気に病むかもしれない、と吉羅に言われたとき、子どもがそこまで考えるだろうかと疑問に感じた。

幼い子どもにそこまでの知能はないだろうと考えたわけではなく、妊婦の当初の予定を知らなければ、自分のせいで予定を狂わせてしまったという実感が湧きづらいだろうと思ったからだ。だが、たしかに被害者の息子であれば、母親の行動を変えてしまった自覚があったとしてもおかしくない。

迷子を助けたせいで事故に巻き込まれたのではなく、事故現場を最悪のタイミングで通ってしまったことに理由をつけるために、迷子を助けたことにした――

「旦那さんの方が駅で迷子を助けた妊婦がいるって話をＳＮＳで見つけて、その妊婦が被害者自身だったことにして息子に話したそうなんです。で、僕らが被害者に話を聞きに行った際も、近くに息子がいたからついその設定で話してしまったって」

篠木が迷子の話を投稿しなければ、もっと早い段階で轢き逃げ事件の目撃者から証言を取ることができていただろう。だが、篠木の投稿があったおかげで、被害者の息子は事件に対して責任を感じずに済んだ――そう思うと、先ほどまでは悪いものでしかなかったはずの投稿について、どう考えればいいのかわからなくなる。

「だからこの事件の場合は、被害者が嘘をついたことも初動捜査が遅れた原因だっていうんで、怒られるというよりむしろ謝られたんですよね」

林が、複雑そうな顔をしてグラスについた水滴を拭う。

「でも、彼女は、犯人が捕まることより子どもが気に病まないことの方が大事だからって言ってたんですよ」

ほとんど酒が残っていないグラスを勢いよくあおってから続けた。

「責任を感じてしまったら、ずっとそのことに囚われてしまうからって」


店を出てしばらくしても、正太郎は煮えきらない思いを拭えなかった。

結果的には、轢き逃げ事件の被害者が篠木を恨んでいる様子はないことがわかり、当初の目的は達成したと言える。

けれど篠木に対して〈死んでほしい〉と書いていたアカウントが誰なのかは不明なままだし、篠木自身が調査を望まない以上、これからわかることもない。

「とりあえず、この件はこれで終わりだな」

斜め前を歩く吉羅が言った。

「……終わりなんですかね」

正太郎は、吉羅の後に続きながら低くつぶやく。

吉羅が、ふ、と笑った。

「調査が終わったところで区切りをつけるために、俺に依頼してきたんだろう?」

そうだった、と正太郎は思い出す。

岡野に対する隣人としての責任は、吉羅を紹介した時点で既に果たしている。そして、吉羅が仕事として受けた依頼も、これで完全に終わった。

だから吉羅は、明日には次の依頼に取りかかる。

正太郎は退職するとき、これでもう他人のトラブルには関わらなくていいのだとホッとした。

自分は、きちんと定められた区切りまで勤め上げた。決して順風な刑事人生ではなく、最後まで出世とも程遠かったが、とにかくやるべきことはやりきったのだ、と。

だが結局、退職してからも何度も刑事の真似事めいたことを繰り返している。

仕事でも義務でもないのに、関わらずにいられない。

だったら――せめて、仕事という区切りがつけられる形で関わった方がいいのかもしれない。

「事務所で飲み直すか」

吉羅が前を向いたまま言った。

いつものお約束じみた口調に、正太郎は反射的に断りかけた言葉を呑み込む。

「行きます」

答えた瞬間、吉羅は正太郎を振り向いた。

正太郎はあえて視線を合わせずに歩を速め、吉羅の横に並ぶ。

「事務所に酒はあるから、どっかでつまみでも買ってくか」

吉羅は変わらない口調で言って笑った。

正太郎はスマートフォンを取り出し、妻へ遅くなる旨を連絡する。

〈参考文献〉

『外国人労働者をどう受け入れるか　「安い労働力」から「戦力」へ』（NHK取材班、NHK出版、二〇一七年）
『奴隷労働　ベトナム人技能実習生の実態』（巣内尚子、花伝社、二〇一九年）
『移民クライシス　偽装留学生、奴隷労働の最前線』（出井康博、KADOKAWA、二〇一九年）
『ルポ 技能実習生』（澤田晃宏、筑摩書房、二〇二〇年）
『外国人労働相談最前線』（今野晴貴・岩橋誠、岩波書店、二〇二二年）

初出「オール讀物」

「かくれんぼ」　二〇二四年二月号

「アイランドキッチン」　二〇二一年七月号

「祭り」　二〇二四年七・八月号

「最善」　二〇二三年二月号

「嘘と隣人」　二〇二四年十一・十二月号

芦沢　央（あしざわ・よう）

一九八四年東京生れ。二〇一二年『罪の余白』で野性時代フロンティア文学賞を受賞しデビュー。二二年『汚れた手をそこで拭かない』が直木賞候補に。二二年『神の悪手』で将棋ペンクラブ大賞優秀賞（文芸部門）、二三年『夜の道標』で日本推理作家協会賞（長編および連作短編集部門）を受賞。その他の著書に『許されようとは思いません』『火のないところに煙は』『カインは言わなかった』『魂婚心中』等がある。

嘘《うそ》と隣《りん》人《じん》

二〇二五年四月三〇日　第一刷発行
二〇二五年八月　五　日　第六刷発行

著　者　芦沢《あしざわ》央《よう》
発行者　花田朋子
発行所　株式会社　文藝春秋
〒一〇二-八〇〇八
東京都千代田区紀尾井町三番二三号
電話　〇三-三二六五-一二一一

印刷所　TOPPANクロレ
製本所　加藤製本
組　版　萩原印刷

　ISBN978-4-16-391971-3　

文春文庫　芦沢央の本

『汚れた手をそこで拭かない』

平穏に夏休みを終えたい小学校教諭、
元不倫相手を見返したい料理研究家……
きっかけはほんの些細な秘密だった。
保身や油断、猜疑心や傲慢。内部から毒に蝕まれ、気がつけば
取返しのつかない場所に立ち尽くしている自分に気づく。
凶器のように研ぎ澄まされた〝取扱い注意〟の傑作短編集。

文春文庫　芦沢央の本

『カインは言わなかった』

公演直前に姿を消したダンサー。
美しき画家の弟。
代役として主役「カイン」に選ばれたルームメイト。
嫉妬、野心、罠——誰も予想できない衝撃の結末。
芦沢央が放つ、脳天を直撃する傑作長編ミステリー！

解説・角田光代